絶対城先輩の妖怪学講座
ゼッタイジョウセンパイノヨウカイガクコウザ
峰守ひろかず
七
JN243268

目次




デザイン／木村デザイン・ラボ
イラスト／水口十

# 絶対城先輩の妖怪学講座

ゼッタイジョウセンパイノ
ヨウカイガクコウザ

七

峰守ひろかず

古来、幽霊鬼神ら妖怪の眷属は皆
　須く秘史を背負いて立ち上るもの也
妖怪の抱えし道理や来歴詳らかにせんと望まば
先人の残せし幾万幾億、果ては阿頼耶に至りし数の書を
一所に集め、唯、一心に推究を深むるべし
故に、我等妖怪学の徒、森羅万象を網羅せし絶対の砦を求め
是を絶対城と名付く

『真怪秘録』序文より

# 一章　破多破多（ばたばた）

パタパタとも言う。夜中に家の外から畳を叩くような音が聞こえてくるという怪異。和歌山県や広島県などに伝わる。石の精が音を出す、井戸の中から聞こえてくる、音源を探すと離れたところから聞こえてくるなどとされていた。

「そうですか。晃は紫さんのところにも来ましたか」

三月初めの、ある木曜日の午後のことである。

東勢大学キャンパスの片隅にそびえる、文学部四号館の四階、四十四番資料室。学生の間では怪奇現象相談所として知られるこの部屋の応接スペースで、部屋の主である絶対城阿頼耶先輩は、バリトンの効いた声を静かに発した。

黒い髪は目元に被さるほど長く、端整な顔は例によって白い。いつものように白のワイシャツに黒の羽織を重ねており、首元には少し緩めた黒のネクタイが下がっている。無感情な仏頂面だったが、向かいに座った来客に敬意と親愛の念を示しているのか、普段よりも背筋をまっすぐ正しているし、ドライな声にもどこか親しみが感じられる。先輩の隣に座って話を聞きながら、あたし、湯ノ山礼音がそんなことを思っていると、対面の席から「ええ」と優しいうなずきが返ってきた。

穏やかな微笑で応じたのは、絶対城先輩の向かいのソファに腰掛けた長い髪の美人である。環境保全に取り組むＮＰＯの理事であり、河童の愛好家であり、人里離れた庵に暮らす茶の湯の先生であり、そして先輩の同門の妖怪学徒だった櫻城晃さんの姉、櫻城紫さんだ。

額で分けた髪は椅子に付くほど長く、纏っているのは若草色の着物で肩には薄い白の羽織を掛けている。おっとりとした笑みは上品な佇まいと相まって落ち着いた大人のムードを醸し出しており、タンクトップに半袖革ジャン、ホットパンツにショートカットのあたしとは色々と対照的だ。ついさっき資料室に訪ねてきたばかりの茶人は、机の上のコーヒーのカップを手に取ると、思い出したようにくすりと笑った。

「あの子ったら、ふらっと茶室に入ってきたんですよ。『久しぶり』とか言いながら。私、もう、びっくりして、固まってしまって……。丁度、道具のお手入れをしていたのですが、危うく大事なお茶碗を落として割るところでした」

「まあ、そりゃ驚きますよね」

溜息を吐く和装の美女を前に、あたしは苦笑しながら共感した。亡くなったはずの肉親が急に帰ってきたら、固まるのは当然だ。しかし「割るところでした」ってことは、割ってはいないということか。さすが茶人、平常心が強い。改めて目の前の女性に感服すると、あたしは晃さんにまつわる諸々の事件のことを思い返した。

千年近くもの間「鬼」の研究を妨害し続けていたらしい集団「羣衆」と鬼の秘密をめぐる一連の騒動が収束したのは、つい先日の話だ。その中で、先輩やあたしは、羣衆の手に掛かったはずの晃さんが実は生きていたことを知った。と言うか、晃さん本人がわざわざ伝えに来てくれたのだが、その後、お姉さんのところにも顔を出していたらしい。あたしにとって晃さんは絶対城先輩以上に考えの分からない人という印象なのだけど、結構マメなところはあるようだ。

「晃さんが来られた時って、櫻城さんはお一人だったんですか？」

「ええ。元気でいることが知れると面倒だから家族や親戚には伝えないでくれ、とも言っていましたし、私が一人でいるタイミングを選んだのでしょうね。ほんと、あの子ったら、何を考えているのか……」

カップを持ったまま、櫻城さんが感慨深げに苦言を漏らす。困惑した表情ではあったが、やはり妹のことは可愛いのだろう、声はいつにも増して柔らかい。

落ち着いた茶人である紫さんは、行動的で気さくな口調の妹さんとは印象が正反対だ。それでもやはり姉妹だけあって目鼻立ちはよく似ており、見ていると晃さんを思い出してしまう。自身が真怪「のっぺらぼう」であることを明かして消えてしまったあの人は、今頃どこで何をしているんだろう。そんなことをぼんやり思っていると、ふいに櫻城さんがこちらを向いた。

「それはそうと、礼音さん？　そろそろ、私のことは苗字ではなく、下の名前で呼んでいただけると嬉しいです」

「え。でも、目上の方ですし、それは失礼な気も……」

「そんなことはありませんよ。それにほら、晃との区別にもなるでしょう？」

「あ、そっか。そうですね。じゃあ、えーと……『紫さん』でいいですか？」

「ありがとうございます。できれば杵松君にもそう呼んでほしいのですけどね。阿頼耶君、今日は彼はお休みですか？」

「明人は別にここに出勤しているわけではありませんよ。あいつは気が向いた時に顔を出すだけです」

「ですね。会わない日も多いですし」

「そう言うユーレイは最近やたら来るようになったな。ほぼ連日お前の顔を見ている気がするぞ」

あたしの相槌を受け、先輩がぼそりと言い放つ。何でそんな面倒がるような言い方を。あと、今さらですが、その仇名はそろそろ止めてもらえませんでしょうか。そんな思いを込めた視線を向けたが、先輩はしれっとコーヒーを飲みながら続けた。

「特に用もない癖に、毎日毎日……。よほど暇なんだな」

「い、いいじゃないですか別に」

気恥ずかしくなってつい視線を逸らしてしまう。

いつもの癖で言い返してしまったが、頻繁に資料室に通っているのは本当だ。一連の鬼関連の事件の中で、あたしは「もう妖怪学のサンプルではない」と先輩に言われたわけで、足しげくここに通う理由はないと言えばない。真怪「覚」の読心能力を抑えるペンダントは脆いとはいえ一日二日で壊れることはないし、力は結構制御できるようになっているから、ペンダントがなくてもそこまで困らない。困らないのだけれど、それはそれとして、何となくここに足が向いてしまうのである。

別に、先輩が気になるとか、会わないと不安になるとか、そこまではないのだが——本当ですよ？——本棚のぎっしり詰まったこの部屋でいつもの仏頂面とバリトンボイスに迎えられると、すごく落ち着くのだ。

それにほら、最近は大学生協で新入生向け用品を準備する短期バイトをやったりもしているわけで、だから大学に来る理由はあるのでして、別に先輩の顔を見るためだけに足を運んでいるのではありません。

さらに言えば、今月の下旬には実家に帰省する予定だから、その間はここには来られなくなるのであって、その分顔を出していると思えば、差し引きで丁度いいはずだ。

「てか、来ちゃ駄目なんですか？　迷惑だったらそう言ってくださいよ」

ですよね。とかなんとか言い訳を心の中で並べつつ、あたしは改めて先輩を見た。

「別にそこまでは言っていないだろう。覚のくせに邪推をするな」

「ふふ」

目の前のやりとりがおかしかったのだろう、櫻城さん……ではない、紫さんが袂で口元を隠して微笑む。笑われてしまった先輩はあたしと顔を見合わせ、小さく咳払いを挟んで「それより」と話を変えた。

「紫さん、晃は他に何か言っていませんでしたか？　具体的には、これからどこでどうするか」

「私も尋ねたのですが、これから考える、としか……。せっかく自由になったのだから、今まで気になっていたことを調べてみたいとは言っていましたが」

「ほう。つまり――晃は、妖怪学を続けると？」

「それは間違いないようです。多少危険な目には遭ったものの、あれくらいで愛想を尽かしていたら学問はできないから、と。阿頼耶君、安心されました？」

「安心しました」

紫さんの問いかけに、バリトンの効いた声が即答する。よほど安堵したのか、先輩は静かに目を伏せ、長い溜息を漏らした。

基本的に感情を見せないこの人が、ここまで分かりやすくホッとするのも珍しい。あたしがぽかんと驚いていると、紫さんも同じことを思ったようで、意外そうに問いかけた。

「阿頼耶君は、晃の妖怪への探求心が起こした事態に巻き込まれ、利用されてしまったわけでしょう？　ここは『まだ懲りないのか』と怒るべき場面ではないですか？」

「紫さんも人が悪い。無論、俺とて、あいつに――晃に対して複雑なところはありますよ。最初から全部話していてくれればとは思いますし、勝手な奴だと呆れてもいます。特に、止むを得ない事情があったとは言え、俺以外の人間を巻き込んだことは未だに許せない」

　そう言うと先輩は隣に座るあたしを一瞥した。思わずきょとんと見返した先で、黒衣の妖怪学徒は再び紫さんに向き直り、「しかし」と真摯な声を重ねる。

「そうであってもなお、俺はあいつを憎み切れないし――何より、あいつが妖怪学を続けると聞いて嬉しかった。正直なところ、こんなに安心するとは自分でも思っていませんでした」

「え。そうなんですか、先輩？」

「ああ。そこまで晃を気に掛けていたつもりもないんだがな……」

　本当に意外だったのだろう、先輩が不思議そうに小さく首を捻る。それはそれで酷いですよと呆れるあたしの耳に、ふふ、と微笑む声が届いた。

「阿頼耶君、お友達にはちょっと甘いくらい優しいですからね」

「……そうですか？　俺にはそんな自覚はありませんが」

「紫さんの言う通りです。先輩、そういうところありますよ」

首を傾げた先輩の隣で、あたしは深くうなずいた。

先輩は一見するとぶっきらぼうで無愛想で偏屈な変人で、その第一印象はまあ間違ってもいない。だがしかし、先輩はこう見えて、親しくなった相手にはちゃんと気を遣って尽くす人でもあることを、あたしは一年掛けて知ったのだ。杵松さんや紫さん、クラウス教授といった友人知人は案外大事にするし、そういう人に何かあったらはっきり怒り、悲しみ、苦しむ。それが絶対城先輩なのである。

「親しい人には優しいですもんねー、先輩」

「にたにたしながらこっちを見るな。俺はただ、晃が妖怪学を続けることは喜ばしいが、そう思ったのは意外だったという話をしているだけだろうが。紫さんも混ぜっ返さないでください」

「失礼しました。でも……阿頼耶君がそう感じたのも、当然かも知れませんね」

「と言われますと？」

「阿頼耶君にとっての晃は、妖怪学を修め始めた時の同門の仲間で、今の道を選んだきっかけだったのでしょう？　かつて思いを同じくした相手は、普段は意識していなくても、心の中では大事な位置に居続けているもの。いわば、自分の在り方を規定している存在なのですから、そんな人の選択が気になるのは必然ですよ」

穏やかな笑みを湛えたまま、難しいことを言い出す紫さんである。はあ、と間抜けな相槌を打てば、紫さんは「たとえその人と道を違えても、自分の在り方が変わるわけでもありませんが」とどこか寂しげに言い足した。

言っていることは分からなくもないが、一般論を語っているにしては妙に言葉が重たいし、それに最後の付け足しが気に掛かる。昔、仲の良かった友人と喧嘩別れでもしたのだろうか？　少し気になるけど、突っ込んで聞くことでもないよね……と自問していると、先輩は紫さんの表情の陰りに気付いたのか、あえて無視したのか、ただ無言で首肯した。

「そういうこともあるでしょうね。人は変わるものですから。ですが、それでも――いや、それだからこそ、志を同じくした相手が今も変わらずにいてくれることは励みになる。晃の言葉を伝えてくださったこと、改めてお礼を申し上げます」

そう言うと先輩は紫さんに向き直り、深々と一礼してみせた。声と態度に重みがある。紫さんが評したように、親しい相手には意外に甘いのが絶対城先輩という人なのだが、そんな先輩にとっても晃さんは一際（ひときわ）——おそらくは、あたしを含めた誰よりも——特別な存在なのだろう。

と、そう考えた矢先、なぜか胸がちくりと痛んだ。

無論、先輩が晃さんを特別視しているのは前から分かっていたことだ。妖怪への熱意や知識、付き合いの長さや関係の深さ、それに度胸や行動力。何を取ってもあの人は飛び抜けているのだから当然だし、納得もできるのだけど。でも。

正体不明のみっともないモヤモヤが、一瞬だけあたしの表情を暗くする。と、向かいに座る紫さんは「あら」と言いたげに目を瞬き、優しい声で話題を変えた。

「阿頼耶君はこれからどうされるのですか？　やはり今まで通りに？」

「俺は妖怪学徒ですからね。妖怪のことを調べて知るだけです。ただ——」

と、絶対城先輩はふいにそこで言葉を区切り、視線を上げた。長い前髪に隠れた双眸（そうぼう）が、資料室にぎっしりと並ぶ本棚を——いや、「真怪秘録（しんかいひろく）」編纂（へんさん）用に集められた資料や文献を見回し、しっかりとした意志が込められた声が、あたしの隣で静かに響く。

「ただ知るだけでなく、知ったこと、理解したことを、記して残しておかなければ……と、最近思うようになりました。記録と記述は老いてからでいい。せめてこの部屋の全てを読み終え、理解してからでいいと、以前はそう考えていましたが」

「考えが変わったのですね」

「はい、紫さん。鬼の研究を妨害していた覃衆こそ潰えましたが、いつどんなアクシデントが起こるかは予測できません。それに、ここ一年ほどだけでも、新たに分かったことが幾つもありますし、その中では先人の研究や記録に助けられたことも多かった。今すぐ求められる情報ではなくとも、知りたいと思った人間が知れるようにしておくことが何より重要なのだと、改めて気付かされた次第です」

「まあ。では、阿頼耶君なりの妖怪学論の執筆を……？」

「いえ、まだそこまでは。まずは資料の再読と整理から始めようかと」

「ここんとこ、ずっと本棚を引っ掻き回してますもんね、先輩」

　こういう話なら気は楽だ。先輩の言葉にうなずきながら、あたしはソファの傍らの床へ横目を向けた。段ボールを敷いた上には、資料室のあちこちから抜き出してきた本が二十冊ほど無造作に積み上げられている。と、紫さんはあたしの視線を追ってその小山に目を向け、一番上になっていた本のタイトルを読みあげた。

「『怪談奇談の旅』……？　この、白澤書房という出版社は聞いたことがありませんが、面白そうな本ですね」

「それですか？　あいにく興味深いのは題だけですよ」

絶対城先輩が肩をすくめる。その反応が予想外だったのだろう、きょとんと首を傾げる紫さんを前に、部屋の主は大きな溜息を落としてみせた。

「そこに積んであるのは、全て偽史や偽伝の類です。資料としては使えない与太話の塊で、貴重な一次資料と混在していいものではない。この部屋の資料を集めた人物の性格故に、一まとめになっていましたが……」

「クラウス教授はそのへんアバウトそうですもんねえ」

四十四番資料室を埋め尽くす文献資料を集めた人物であり、絶対城先輩の妖怪学の師匠であるクラウス教授を回想しながら、あたしはしみじみ相槌を打った。あの自称天狗の妖怪学者は、気さくで頼れて強い人ではあるのだが、性格はかなり適当なのだ。紫さんも教授のことは知っているようで、口元を押さえてくすりと笑った。まったく、とつぶやいやたのは先輩だ。

「俺が言うのも何だが、あの人には敬意が欠けている。玉石を平気で混交します。例えばその『怪談奇談の旅』は、全国を回って集めた伝説をまとめたという体の本です。戦前に発行されたもので、代表的な妖怪がぞろぞろ出てくるのですが……」

「あら。それだけ聞くと楽しそうですね」

「実際はそうでもありません。明らかに作者が創作した話ばかりですし、江戸時代に創られた妖怪が中世の伝説として語られているなど、フィクションとしてのクオリティも高くない。化物の真実を集めた書物がこの国のどこかに隠されているとか、そんな話も載っていますが、ここまで来るともう妄想がかった伝奇です」

「ああ。キリストや楊貴妃(ようきひ)が日本で死んだとか、そういう……？」

「さすがに話が早い。要するに、荒覇吐神(あらはばき)や竹内文書(たけうちもんじょ)の類です」

　紫さんの言葉に、先輩が難しい顔で同意する。アラハバキだの竹内文書だのといった言葉は初耳だったが、要するに胡散(うさん)臭い書物の代表例なのだろう。あたしはそう理解すると、思い出しながら苦笑した。

「先輩、呆れてましたもんね。俺も決してこういうのは嫌いじゃないが、せめて一次資料とは分けておくべきだ、とか言って」

「実際そうだからな。お前も暇なら整理を手伝え。春休みなんだろう」

「だからバイトって言ったじゃないですか。まあ、毎日ってわけでもないんですが」

「いいですね、春休み。学生の頃を思い出します」

　先輩のぞんざいな指示にあたしが反論し、紫さんが優しく口を挟む。そんなやりとりを続けているうちに、せっかく春休みなのだからどこかへ行くべきだ、という話になった。

できれば杵松さんも誘って骨休めしたいとあたしが言い、先輩は妖怪学的な興味の持てる場所なら付き合うがさもなくば勝手に行けと突き放し、そう来ると思いましたとあたしが呆れる。そんな予想通りのやりとりを、紫さんは穏やかな笑みを湛えたまま聞いてくれていたが、ややあって「そう言えば」と口を挟んだ。

「神籬(ひもろぎ)村ってご存知ですか？」

「ヒモロギ……？　いえ、あたしは知らないです。先輩は？」

「古い文書で見た名前ですね。現在も通用している公的な地名ではないはず。確か、県境の山間に作られた小さな村でしたか？　戦後間もなくの頃、農地拡大と林業振興のために開拓されたが、十年も経たず無人になり、廃村になったとか」

「何でも知ってますね、先輩……。どうしてそんな寿命が短かったんです？」

「行き来が不便すぎたか、思ったほど収益が上がらなくて見切りを付けられたか。新しい廃村には妖怪の伝承などはほとんどないから、まともに調べたこともない。たまたま名を覚えていただけなんだが、紫さん、それが何か？」

「その神籬村で不思議なことが起こるようになった、という噂(うわさ)を思い出したのです。何でも、神籬村に放置された無人の空き家に、座敷わらしが出るのだ……と」

「ほう。座敷わらし？」

紫さんがその妖怪の名を口にした途端、絶対城先輩の目が光った。いやまあ、実際に目が光るはずもないのだが、少なくともそれくらいの気迫と好奇心が瞬時に漲ったのは確かだった。基本偏屈で扱いづらいくせに、こういうところは分かりやすい人だ。子どもか、と呆れながら、あたしは二人を見回して問いかけた。

「座敷わらしって、たまに旅館に出たりする妖怪ですよね？　可愛い子どもの姿をしてて、それを見ると良いことがある」

「現代の一般的な設定はそんなところだな。だがあの妖怪の最も注視すべきポイントは、二十一世紀になってもなお噂が生まれ続ける、現役の怪異であるという点だ。誰もいないはずの空き家や空き室に人影を見たという形式の怪談は、今世紀になってから急増しており、そう珍しくもないんだが」

「へー、そうなんですね。でもまたどうして」

「単に不景気や少子化で無人の家が増えたからだろう。現在のこの国の空き家の数は八百万戸以上。全住宅の一割強が空き家で、しかもその数は依然増え続けている。集合住宅についても事情は同じで、高度経済成長期に建てられた社宅や寮が丸ごと無人になるケースも多い。本来誰かがいるべきなのに人がいない空間はそれだけで不気味だから、余計な想像を招き、そこに怪談が生まれるわけだ」

「はあ。あんまり情緒のない理由ですねえ……」

「現実はそんなものだぞ。だが、その手の怪奇現象の原因が心霊で片づけられがちな昨今において、座敷わらしは未だに生き続ける特異な妖怪。噂が生きている場所を訪ねてみたいとは、かねてから思っていた」

　淡々と、かつ熱く言葉を重ねる先輩である。口にこそ出していないが、行く気満々なのは見え見えだ。結局今回の遠出も、やっぱり妖怪絡みの調査旅行になりそうだ。

　諦めと呆れを溜息にして吐き出すと、あたしは紫さんに向き直った。

「でも紫さん、どうしてそんな話を知ってるんです？　紫さんの専門は河童で、先輩みたいに妖怪全般やってらっしゃるわけでもないですよね？」

「河童と座敷わらしは通じるところが多いんですよ。河童が川から上がって家に入ると座敷わらしになるという伝承は有名です」

「へえ……って、先輩、今『常識だろうが』って思いましたね？　言わなくても顔で分かりますよ」

「実際常識だからな。つまり紫さんは、河童についての情報収集の過程で、神籬村の座敷わらしの噂を知ったと」

「ええ。河童好きのお友達から聞いた話なのです。その方も噂の出所ははっきり知らないとのことでしたが……」

不確かな情報ですみませんと詫びながら、紫さんが小さく頭を下げる。しかし噂って不確かなものだし、後は絶対城先輩が調べるだろう。先輩は恐らく放っておくと一人で行ってしまうので、杵松さんに連絡して日程を固めておかないと……。空になったコーヒーカップを前にそんなことを思っていると、紫さんが「それに」と言葉を付け足した。

「神籬村の名前は、随分昔、古い知人から聞いたことがあって……。それで覚えていたんです。思い出した、と言った方が正しいですが」

「古いお知り合い？」

「はい」

どういう方なんですかと聞いたつもりだったが、紫さんは小さくうなずいただけで何も言おうとはせず、その会話はそこで終わってしまった。

勿論、そこでもっと具体的に掘り下げて尋ねることはできた。できたのだけれど、うなずいた瞬間、いつも穏やかで優しい紫さんの顔がさっきのように陰ったから――つまり、「たとえその人と道を違えても、自分の在り方が変わるわけでもありませんが」と口にした時と同じ顔になったから。

だから、あたしはそれ以上言葉を重ねられなかったし、その「古い知人」と何かあったんですかと尋ねることもできなかった。

＊＊＊

「そもそも座敷わらしとは何か、だと？　そうだな。一言で言えば、家にいる子どもの姿をした妖怪だ。座敷わらしの名前は岩手を中心に東北地方に伝わるものだが、禍福や盛衰を司る童形の妖怪は全国的に——いや、世界的に分布しており、その意味ではグローバルな怪異と言えなくもない」

　資料室で紫さんから話を聞いた、その数日後の昼下がり。鬱蒼と木々の立ち並ぶ森の中、山間の一車線しかない細い道を走るオフロード車の車内に、聞き慣れた声の解説が響いていた。語っているのは助手席に陣取った絶対城先輩である。ふんふんと聞き入る後部座席のあたしにちらりと視線を向けると、いつものように黒の羽織の妖怪学徒は腕を組んだまま続けた。

「名前通り、常に座敷にいるとされることが多いが、基本的に姿を見せることはない。活動するのは夕方から夜で、寝ている間に布団を引っ張ったり枕を返したりすると伝えているとかいう地域もあるな」

「子どもが遊んでるといつの間にか混じってるとか、子どもにしか見ることができないって小説もあったよね。宮沢賢治だっけ？」

親しげな声で相槌を打ったのは、運転席の杵松明人さんだ。明るい色の短髪と小ぶりの眼鏡は普段通りだが、今日はオフなのでいつもの白衣ではなく、爽やかなブルーのシャツを身に付けていた。大きく腕まくりしているせいで、元演劇部の理系学生の割には意外にしなやかで引き締まった腕が見えている。

地図は覚えてきたのだろう、杵松さんは「ここでカーブだよね」とつぶやくと、アスファルトで舗装されていない細い林道へ向かってハンドルを切った。草と土の道は凹凸が激しく、車体が小刻みに振動し始める。

しかし、この車、先輩が自分で買ったんだから、自分で運転すればいいのに。鬼の騒動で乾市に行った時も、結局あたしがほとんど運転してたし。まあ、杵松さんも嫌がってるわけじゃないし、むしろ楽しそうだから問題ないとは思うけど……。心の中でそんな声を漏らすと、あたしは先輩に問いかけた。

「あれですよね。座敷わらしって、見ると幸せになるんですよね？」

「それは最近できた設定だ。この旅館には座敷わらしが出るといった類の噂は、お前も聞いたことがあるだろう？　あの手の噂が作られる過程で特徴が付随……いや、変更されたんだな。先日言った通り、座敷わらしは近年でも伝承が生まれ続けるという特異な妖怪だが、最近のものは古来のそれとは設定が変えられていることが多いんだ。まあ、古来と言っても、座敷わらし自体が明治時代になって初めて記録された、かなり新しい妖怪なんだがな」

「へえ。それは知りませんでした」

　後部座席の右端に座ったまま、あたしは素直な感想を口にする。シートの中央を寝袋やテントといった宿泊用品、さっき麓（ふもと）の町で買いこんだレトルト食品や水などなどが占領しているため、隅に座らざるを得ないのだ。

　ちなみに大学から麓の町までは車で二時間ほどで、目的地である神籬村跡地まではそこからさらに山道を一時間弱掛かるらしい。座敷わらし探しは日中だけにして、夜は町のホテルか旅館に泊まればいいとあたしは思ったのだが、先輩が「座敷わらしは夜に出るんだぞ。泊まらないでどうする」と主張したせいで、結構な荷物の量である。

「明治って、確かに新しいですね。大昔から知られてる妖怪だと思ってました」

「初めて文献上に現れたのが明治期というだけで、実際の伝承はもっと古いのだろうが——そのあたりは調べる術もないからな。座敷わらしは民俗学の父たる柳田国男（やなぎたくにお）

が発見し、紹介したことで一躍有名になった妖怪だが、それ以前にも連綿と伝わっていたはずなんだ」

「なるほどね。……それはそうと、阿頼耶、今、一瞬難しい顔になったよね」

「ですよね。どうかしたんですか？」

「ユーレイも分かるのか？　まあ、あれだ。柳田国男と座敷わらしについては、少し思うところがあってな……」

　そう言うと先輩は口元に手を当て、むう、と唸って再度腕を組んだ。煙草を吸いたいが我慢しているようだ。自分の車なんだから吸えばいいのに、と思っていると、先輩は顔をしかめたまま口を開いた。

「柳田国男が座敷わらしを最初に紹介したのは、遠野に伝わる物語を集めた『遠野物語』。記録としても文学としても評価された、民俗学史上極めて重要な名著だが、この本は、井上円了を批判する一冊でもあってな」

「井上円了？　それって、妖怪学を始めた学者でしたよね」

「ってことは、阿頼耶の先生の先生みたいなものか」

「そんなところだ。仏教系の哲学者でもあった円了は、近代的かつ教養的視点で迷信やオカルトをとらえ直した人物だ。彼は怪異や妖怪を実際にあるものとして……いや、正確には『実際にあったとしたらどうなのか』『そもそも有り得るのか』という視点で見ることを重視した。この姿勢の場合、伝承がいかに成立し、どうして今に残ったかといった歴史的背景の追及は、どうしても優先度が低くなる。分かるな？」

「先輩の妖怪学のやり方と同じで、まず妖怪の正体を暴きたいってことですよね？」

「むしろ俺が円了に倣っているんだがな。これに対して柳田は、たとえ非現実的な迷信であっても、人々がそれを信じ、伝えてきたという事実そのものを重く見た。なぜそんなことを人は発想し、語り継いだのか。そのサンプルを集めて重ね合わせることで、民族の考え方や感じ方を探ろうとしたのが柳田流の民俗学だ。そして、重視するものがまるで違うのだから当然だが、柳田は先行者である円了のスタンスに批判的だった。で、この柳田が、同じく円了の妖怪論を受け入れられなかった佐々木喜善と出会った結果生まれたのが、先の『遠野物語』なんだ」

　難しい顔で語ると、先輩は大きな溜息を落とした。大体は分かったが、そこまで深刻な顔をしなくちゃいけない話なんだろうか、これ。ちょっと共感しがたいな。あたしが眉をひそめるのと同時に、杵松さんが声を発した。

「なるほどね。要するに、円了妖怪学の流れを汲む阿頼耶としては、それに相対する柳田民俗学が見つけて伝えた座敷わらしを思うと、少しモヤモヤするわけだ」

「ああ。無論、俺は円了のやり方や考え方をそのまま模倣しているわけではない。科学的な実態解明だけでなく、伝承の成立や伝播の過程も重視する、いわばクラウス式の現代版妖怪学を修めているつもりではあるんだが……しかし、元を辿れば円了の妖怪学があるわけだからな」

「複雑なんですね……。座敷わらしが嫌いってわけではないんですよね？」

「当然だろうが。全ての妖怪は等しく興味深い」

一瞬前までのしかめ面はどこへやら、けろりとうなずく先輩である。伝えた人に対して思うところはあっても、妖怪自体は差別すべきではないというスタンスらしい。

その姿勢が面白かったのだろう、杵松さんがくすりと笑う。

「阿頼耶のそういうところ、好きだよ」

「別にお前に好かれようと思って言ったわけじゃないぞ」

「はいはい。じゃあさ、その柳田さんが伝えた座敷わらしはどういう妖怪なんだい？見た人が幸せになるわけじゃないんだよね」

フレンドリーな笑みを湛えたまま、杵松さんが話を戻した。そう言えばそんな話題でしたね。それはな、と応じる先輩の声。

「見た者ではなく、それがいる家を繁栄させるんだ。家単位で祀られる一種の神なんだな。座敷わらしがもたらすのは金銭的な繁栄ではなく漠然とした幸だと伝えていた地域も多いが、存在自体が良いことを招く妖怪であるのは変わりはない」

「存在自体が、ってことは、同じ家にずっといるわけでもないのかい？」

「明人の言う通りだ。座敷わらしは割合気まぐれに家から去るし、そうなると家は没落して不幸になる。座敷わらしがはっきりと姿を見せるのは家から去る時だけという伝承は広く知られているな」

「じゃあむしろ、座敷わらしは見ない方がいいってことですか……？」

「そうなるな。だが、既に廃村になった無人の村がこれ以上没落することはないだろうし、俺達は神籬村の関係者でもない。本物が見られるとは思っていないし、噂の原因を確かめられれば充分だが、万一見たところで問題はあるまい」

むしろ見られるものなら見たくて仕方ないのだろう、好奇心を秘めた声で語る絶対城先輩。そんな友人の様子が微笑ましかったのだろう、杵松さんはルームミラー越しにあたしと視線を交わしてくすりと笑い、隣席へ問いかけた。

「その、神籬村だっけ。そこって座敷わらし以外の妖怪は何か伝わってるのかな」

「廃村になる前に村を出た元住民への聞き取りの記録によれば、屋外での怪音が聞かれたことがあったようだが……こんなのはどこにでもある怪異だからな。廃村後の住民の動向までは追えなかったが、戦後に開拓され、すぐに放棄された村だから、古来の伝承があったとも思えない。故に、今回の目的はあくまで」

「座敷わらし、ですね」

被せるように口を挟めば、先輩は無言でしっかりとうなずいた。その力強い首肯を見る限り、骨休めに付き合うと言っていたことはすっかり忘れているようだ。あたしは今さらのように苦笑すると、でもまあいいか、と自分を慰めた。危険で正体不明の妖怪を捕まえに行くのならともかく、今回のテーマは座敷わらしだ。悪い妖怪ではないようだし、そもそも姿は見えないらしいし。

「そう言えば、座敷わらしって何歳くらいのどういう子なんです？　男？　女？」

「神籬村の座敷わらしについては何とも分からん。ネット上に噂は幾つか流れていたが、『見ればいいことがある』と語られているだけで、詳細があやふやだ。一般的な座敷わらしについて言えば、三歳から十歳前後、性別は男女どちらの場合もあるな」

「決まってないんですか？」

「座敷わらしはそれなりにバリエーションが広いんだ。姿を見せず座敷に常在すると話したが、そうではないタイプも伝わっていて、例えば夜中に土間に現れて這い回ったりするモノもいる」

「深夜に這い回る子どもか……。想像すると結構不気味だね」

「今でこそ良いイメージが固定化されている座敷わらしだが、もともとは不穏な部分を持つ妖怪でもあるからな。例えば――」

と、先輩が何かの例を挙げようとした時だった。車が道に沿って大きくカーブし、同時に、ふいに視界が開けた。

　バリケードのように立ち並んでいた木々が途切れ、山に囲まれた小さな平地が目の前に現れる。砂利と土で覆われた道の左右に広がるのは、かつては田畑だったらしい草ぼうぼうの荒れ地だ。細い道の伸びた先には、崩れそうな茅葺(かやぶき)の家や納屋がぽつりぽつりと並んでおり、そのさらに奥には立派な大木が一本生えていた。お待たせしました、と杵松さんが明るい声を発する。

「やっと見えてきたね。あれが神籬村だよ」

「意外に近かったですね……って、ん？」

　気軽に相槌を打った直後、あたしは思わず目を瞬いた。昔の家の構造やサイズには詳しくはないが、茅葺の家の高さって、大体二階建ての家くらいだろう。だとしたら……その奥のあの木、何だかスケールがおかしいような……？

「あの木、家の二倍くらいありますよね……？　家が小さいってこと？」

「いや、あれは木が大きいんだよ……！　凄いな、距離感が狂いそうだ。阿頼耶、何の木か分かるかい？」

「おそらくクスノキだろうな。丸い樹冠や光沢のある葉、灰褐色の樹皮といった特徴はクスノキのものだが……しかし見事なものだな。神籬村とはよく言ったものだ」

　驚くあたしと杵松さんに続き、絶対城先輩が静かに感嘆の声を漏らす。どういう意味です、と尋ねれば、先輩はフロントガラス越しに廃村を――いや、そのただ中にそびえる巨木を見据えたまま、言葉を重ねた。

「神道用語で、神籬とは、信仰対象とされる巨木のことを言う。変わった地名だとは思っていたが、村の名前はあの木にちなんだのだろう」

「はー、なるほど」

　確かにあれは崇めたくなるサイズですよね。しみじみと見入っている間にも、車は神籬村へ近づき、それにつれて巨大なクスノキはさらに大きくなった。

＊＊＊

「うわ……！」

無人の村にそびえる大樹の根元で、あたしは息を呑んでいた。

神籬村は聞いていた通りの無人の廃村だった。雑草がまばらに生える中、ぼろぼろの空き家が十数軒と、農具置き場だったらしい納屋が数軒建っているのみで、動くものの気配はない。地面のところどころが盛り上がっていたりもしたが、思ったほど荒れ果ててはいなかった。それも意外と言えば意外だったが、何よりもまずクスノキである。

高さは少なくとも三十メートルはあるだろう。中ほどで二股に分かれた幹の先には無数の枝が広がり、緑の葉を茂らせている。下から見ると完全に視界が覆われてしまい、薄曇りの空は葉の隙間から網目のように覗くばかりだ。

高さも凄いが太さもまた桁外れで、ごつごつと節くれだった幹は、ざっと見て直径七メートル強。手前に停めた先輩の車がまるでミニカーだ。これだけ大きいと、神々しいとか凄いを通り越して、怖いくらいである。うわあ、と何度目かの感嘆を漏らすと、あたしは傍らに立つ先輩に問いかけた。

「樹齢何百年だと思います？」

「三桁では足りまいな。千年……いや、もっとか。一概に比較もできないが、樹高三十メートルの大クスノキが樹齢千五百年とされているから、それくらいは生きているだろうな。なるほど、これは確かに神籬だ」

「この木、よく見ると幹が二色のまだらに分かれてるんだね。ほら、ところどころが黒い。葉っぱも二種類あるし、他の木と癒合してるのかな」

「癒合って、合体するって意味ですよね。そんなことあるんですか？」

「同じ場所に生えた木同士の癒着は、比較的よく観察される事例だぞ。どうやらこのクスノキの場合は、ヤマザクラの古木を飲み込んで一体化しているらしいな」

灰褐色の樹皮の間に覗く黒い樹皮を、絶対城先輩がしげしげと眺める。一方、杵松さんは携帯を取り出して写真を撮ろうとしているが、構図が決まらないようだ。

「下から撮っても分かりにくいな……。そうだ、二人ともそのままそこに立っててよ。人が写ってると大きさも分かるし」

「比較対象ならユーレイだけでいいだろう。こいつの身長はおおよそ二メートルだから、被写体のサイズも計算しやすい」

「そんなにないです！　ざっくり四捨五入しすぎですよ。大体、それを言うなら先輩の方こそですね」

「まあまあ。じゃ、撮るよー」

杵松さんが後ずさり、携帯を構えて声をあげる。あたしは棒立ちかつぎこちない笑顔で、先輩はおなじみの陰気な仏頂面で、木に背を向けて並んで立った。

……何だかんだ言っても杵松さんの言うことは聞くんだよね、この人。

ちらりと絶対城先輩を見つめていると、杵松さんは携帯からシャッター音を響かせたが、すぐに肩をすくめて苦笑した。

「この距離でもまだ駄目だね。壁の前に立ってるみたいな写真になっちゃって、木の大きさがピンと来ない」

「これの大きさを体感するには、実際にここに来るしかないな」

「ですねー。こんなの見られるなんて、来て良かったですよ。空気も美味しいし」

また戻ってきた杵松さん、クスノキの幹を撫でている絶対城先輩を見回すと、あたしは大きく深呼吸した。

もともとあたしは山中の温泉街育ちで、山の空気は幼い頃からよく知っている。なので、いわゆる「空気が美味い」というのを実感したことはなかったのだが、この神籠村の空気は確かに美味しかった。高揚するほどの清浄さ、とでも言うのだろうか。村に入って車を降りた時、ふわっと気持ちよくなったくらいだ。いいところですね、と語りかければ、絶対城先輩はノーコメントだったが杵松さんは同意してくれた。

「うん。空気がいいよね、ここ。ヤマザクラがあると知ってれば、咲いてる時期に来たかったけど」

「あ、それは確かに。綺麗な場所ですし、お花見にも良さそうですよね」

「だよね。もっと雑草がひどいと思ってたけど、この大クスノキが養分を独り占めしてるのかなあ……？　と言うか、戦後すぐ開拓されて十年経たずで廃棄されたにしては、全体的に綺麗すぎない？　ほら、あの家なんか特にさ」

そう言いながら杵松さんが指差したのは、クスノキの向こうに佇む古屋だった。茅葺で木造なのは他の空き家と同じだが、サイズが一回り大きく、周囲にはかつては立派だったのだろう石塀の痕跡が残っている。

「あれなんか屋根も抜けてないし、最近まで誰か住んでたみたいだよ」

「確かにな。屋内にしか出ない妖怪である座敷わらしの噂が語られる以上、真っ当な構造の家が残っているとは思っていたが……」

興味深げに独り言ちながら絶対城先輩が古い家に向かったので、あたしと杵松さんもそれに続いた。桁外れのクスノキが近くにあるせいで実感しづらかったが、側面から見上げた古屋は豪奢で大きく、お屋敷と呼びたくなるサイズだった。

構造はシンプルで、細長い長方形の土台に二等辺三角形の茅葺屋根が乗っかっているだけ。尖った屋根は一般的な二階建ての家より巨大かつ立派で、高さや広さも同じくだ。黒ずんだ板壁や雨戸はところどころ朽ちかけており、家の外周を囲む縁側の板は何箇所かが欠落していた。白く濁ったガラスの窓には埃がたまり、玄関前には土饅頭か野球のマウンドのように土が盛り上がっている。空き家であることは間違いないようだが、杵松さんの言うように、数十年放置された感じではない。

「四、五年くらい前に捨てられたみたいですね」

「みたいではなく、実際にそうなのだろう。見ろ、土台を補強した跡がある」

「あ、ほんとだ」

絶対城先輩の隣に屈みこんで縁の下を覗くと、古びた柱に新しい金具があてがわれていた。湿った土の上では、腐って落ちたらしい床板が黄色い菌糸に覆われている。カビなのかそれとも茸の一種か、網のように板を覆った菌糸のところどころには、数ミリサイズの丸い膨らみが付いていた。その他に目に付いたものと言えば、もそもそと這う蟻くらいだ。白いものをくわえていると思ったら、砂の粒だ。

「カビがありますね。いや、茸かな？　それと、この蟻、砂利をくわえてます」

「多くの蟻には、獲物を砂や土で埋めてから解体する習性があるからな。しかしお前、見れば分かることを報告するな。馬鹿に見えるぞ」

「き、気を付けます……。他にはえーと、奥にも補強用の金具っぽい光が見えてますね。誰かが手を入れたのは確かみたいですが……でも、誰が？」

「さあな。何かの研究者が調査の宿舎にでも使ったか、あるいは世捨て人気取りの変人でも住んでいたのか」

「で、これからどうする？　この屋敷覗いてみる？」

並んで床下を覗くあたし達の上から、杵松さんの声が降ってきた。それを聞くなり、先輩は立ち上がって村を見回した。

「明るいうちに村を回っておきたいな。歴史の浅い村だから石碑の類はなかろうが、宗教施設が残っていれば見てみたい」

「お寺か神社の跡ってことですよね。そんじゃぐるっと回ってみましょうか。軒下から出たあたしがそう続けようとした時、ふいに、ぽつり、と顔に水滴が落ちた。反射的に視線を上げれば、薄暗い空から次々と水の粒が落ちてくる。あちゃあ、と思わず声が出た。

「雨ですよ先輩」

「見れば分かることを言うなと言ったろう。仕方あるまい、先に屋敷を見るか」

羽織の下の肩をすくめながら、先輩は軒下に沿って歩き出した。正面の玄関に回るつもりのようだ。あたしは杵松さんと顔を見合わせてその後を追った。先輩は足早に歩きながら、板壁を軽く叩いて言う。

「作りはしっかりしているな。テントか車中泊のつもりだったが、ありがたい」

「え。もしかして先輩、ここに泊まる気ですか？」

「座敷わらしを見に来たのに家に泊まらなくてどうするんだ。それに、屋根と床があるのに越したことはない」

「そりゃそうですが……てか、今さらですが、勝手に入っていいんですかね」

　玄関の板戸を前にした先輩の隣で、あたしは屋敷を見上げて不安げに問うた。大きな茅葺屋根が雨に濡れる様は何とも陰気で、つい足が遠のきそうになる。板戸には鍵はかかっておらず、一人が通れるくらいの隙間が開いていたので、中に入るのは簡単そうだけど……。だが絶対城先輩は、そんなあたしの懸念をばっさり切り捨て、板戸のくぼみに手を掛けた。

「無人の廃村で誰に断れと？」

　そう言い放ちながら、先輩は勢いよく玄関を引き開けた。傾いでいた板戸がスライドし、外の光が廃屋へと差し込む。その様子を一瞥すると、黒衣の妖怪学徒はずかずかと無造作に敷居をまたぎ、杵松さんが「お邪魔します」と後に続いた。こうなるとあたし一人残っていても仕方ない。覚の力を封じるペンダントをお守りのように軽く握ると、あたしは廃屋におずおずと足を踏み入れた。

「お邪魔しまーす……」

小声でつぶやきながらあたりを見回す。玄関から入ると、広がっているのは横長の土間だった。その奥、一段高い位置に囲炉裏を囲んだ板張りの広間が設けられ、その奥には障子と板戸も見える。当たり前と言えば当たり前だが、昔ながらの日本家屋ですね。そんな感想を漏らせば、高い天井を見上げていた杵松さんが応じた。

「昔ながらって言うか、だいぶ古い作りだよね。戦後に作られた村なんだから、もう少し近代的な構造でも良さそうなのに……」

「大都市の大資本が作ったならそうもなろうが、地方の農民の拓いた村ならこんなものだろう。戦後になってもなお、都会と地方の文化の差は広かった」

土間を歩き回りながら答えたのは絶対城先輩だ。土間の幅は十メートルほどで、奥行きは約三メートル。土が剝き出しだが、堅く押し固められているせいか雑草はほとんど生えていない。何か小さいものが動いたと思ったら、また蟻だった。

土間の左の空間は物置だったのだろう、色褪せた竹製の籠や農具が積まれ、右には蜘蛛の巣の張ったかまどと流し場が埃をかぶっている。

かまどの手前には板で囲まれた小部屋があったが、これは多分お風呂だと杵松さんが教えてくれた。なるほど、とうなずいている間にも、先輩は靴のまま上がりかまちに足を掛けていた。

「あの、土足でいいんですか？」

「じゃあ靴を脱ぐか？」

「……このままで失礼します」

　埃とカビの目立つ床板を前に少し迷った後、あたしはスニーカーのまま先輩に続くことにした。玄関から上がったところは板張りの広間になっており、中央には灰の溜まった囲炉裏がある。土間も広いがこの板の間も結構広く、二十畳近くありそうだ。

　正面にはさらに家の奥へと通じる戸が設けられ、壁を見れば朽ちた神棚や棚があった。棚にはわずかな食器が並んでおり、一番下の段には金属製の金庫が鎮座している。それらを見ていると、かつてここにいた誰かの気配を感じたような気がして、あたしは思わず足を止めた。

「空き家って、やっぱり不気味ですね。今にも住んでいた人が帰ってきそうで……」

「ふむ。廊下がなくて部屋を連ねた構造のようだな。となると座敷は最奥か。この暗さだと照明が要るな」

「先輩、話聞いてました？」

情緒のかけらもないコメントに、思わず呆れた声が出た。ほんとにもうこの人は。

「せめてもうちょっと敬意とか緊張感とか、あと危機感とかを持つべきですよ」と続けてやれば、先輩はあたしを見返して小さくうなずき、羽織から取り出したペンライトをそっと手渡してきた。えーと。

「先輩。これはどういう意味なんです？」

「どうもこうもあるか。ここにいる三人の中で一番腕っ節が強いのは合気道家のお前だし、覚の力があるから感覚も鋭い。緊張感や危機感を重視しろと言うなら、お前が先に立つべきだろう？　さあ行け」

そう言うと、先輩はスッと手を伸ばし、破れた障子をあたしに示した。何気ない仕草なのに妙に優雅なのが癇に障る……と言うのはさておき、その理屈はどうなのか。まあ、あたしの腕っ節がそれなりなのは認めますし、覚の力も確かに持ってはいますけど、だからと言って納得できるものでもなく。

「杵松さん、何か言ってくださいよ」

「阿頼耶、僕もうちょっとこの部屋にいるから、奥を調べるなら二人で行ってよ。暗くなる前に土間と広間の写真を撮っておきたいんだ。手伝いを頼まれてる舞台装置の参考になりそうで——え？　ああ、大丈夫。湯ノ山さんのことは信じてるから」

満面の笑みと明るい声であたしを切り捨てながら、カメラモードにした携帯を構える杵松さんである。

　優しい常識人の杵松さんだけど、そこはそれ絶対城先輩の友人なので、やはり変なところもあるのだと、あたしは改めて思い出した。その間にも絶対城先輩は「早く行け」と顎をしゃくっているし、どうやら味方はいないらしい。あたしは溜息を吐くと、観念して障子に向き直り、そっと引き開けた。

「失礼しまーす……」

「一部屋ごとにそれを言う気か、お前は」

「別にいいじゃないですか」

　後ろから呆れた声を投げつけてきた先輩を肩越しに睨み、あたしは次の部屋へそっと入った。薄暗い六畳ほどの板の間で、奥にはさらに戸があった。雨が漏っているようで、床の隅が腐って穴が開いている。どうします、と視線で問えば、先輩は無情にも先を指差した。だと思いました。

「明らかに雨漏りしてるんですが……床板が抜けたりしませんよね？」

「さあな。とりあえず一通り屋敷の中を確かめたい。行け」

「こういう陰気なの苦手なんですよ。杵松さん、一緒に来てくれません？」

「このかまど持って帰りたいなあ——あ、ごめん、何か言った？」

かまどを接写していた杵松さんがあくまで優しい声で切り返し、あたしの口からまたも溜息が落ちた。はいはい、分かりました。

「先輩、ちゃんと付いてきてくださいよ？」

「安心しろ。俺がお前を見捨てたことがあったか？」

「え。いや、まあ、そう言われると、いつも助けてもらってはいるわけですが、そういう台詞はできれば隣か前で言って……って、ああもう！　行きますよ！」


そんな具合に言葉を交わしながら、あたしと先輩は奥へと進んだ。通り抜けられる部屋と思ったら行き止まりだったり、床が完全に抜けていて先に進めなかったりと、無人の古民家はまるで迷路のようで、なかなか座敷に辿り着けない。窓が少なくて薄暗い上、小部屋が連なった構造なので、先まで見通せないのがまた厄介だ。

「ああもう、ややこしいし怖い……！　この家、なんで廊下がないんです？」

「その代わりに縁側があるだろう。こういう家では、大回りで移動する時はそっちを使うんだ。そもそも生活空間は土間と広間とその隣の部屋で完結しているから、建物を貫く通路がなくとも事足りる。奥の部屋、特に座敷は客間を兼ねた一種のステータスで、普段から実用することはない」

「ああ、奥のお座敷はお客用なんですね。しかしこんな辺鄙な村にお客なんか来たのかな……」

　ぼそりと感想を漏らしつつ、次の部屋へ入る。埃を被った畳を踏み締め、奥の暗がりへとペンライトを向ければ、どことなくグレードの高そうな襖が光の中に浮かび上がった。鴨居の上には精緻な筋彫りの欄間が飾られており、今まで通ってきたシンプルな部屋との格の違いを主張していた。ほう、と先輩があたしの後ろでつぶやく。

「奥座敷のようだな。開けてみろ」

「はいはい、言われなくても……ん？　あれ？」

　ぼやきながら襖に右手を掛けた直後、驚きの声が漏れた。妙に固い。と言うか重たい。古い建物だから、柱が歪んで引っかかっているのだろうか？　あたしはペンライトを先輩に手渡すと、襖に両手を掛けた。

「所詮紙と木なんだから、力を掛けたら開きますよね。待っててください」

「とりあえず力技に頼るあたりがお前らしいな」

「褒めてないでしょ。じゃあ行きますよ、せえ、のっ――！」

　ささくれた畳にスニーカーを踏ん張り、両手にぐっと力を込める。と、襖は一瞬前までの重さが嘘(うそ)のように軽やかにスライドし、同時に、襖の陰から茶色い人影が飛びかかってきた。え？　何？

「この不審者！」

あたし達を威嚇(いかく)するような甲高い声を響かせながら、長い髪の何者かが棒状のものを振り上げる。あたしは不意を突かれて一瞬面食らったが、振りかざされた武器を見た瞬間、体が自然に反応していた。

「遅い！」

短い呼吸とともに、左斜め前へ摺(す)り足で移動して打撃をかわし、同時に左の手刀を相手の手首にまっすぐ打ち込む。「ぎゃっ」と高く短い声と、武器の落ちる音とを聞きながら、右手を伸ばして相手の右手首をすかさずホールド。

これでとりあえず武器は奪ったが、まだ油断は禁物だ。両手を摑(つか)んで一気に吊(つ)り上げることで敵の重心を崩し、無防備になった脇へと体を滑らせる。あとは——！

「投げて、極めます！　覚悟っ！」

「待て。もう充分だ」

「ギブギブギブ！　死ぬ死ぬ！　死んじゃうから！」

あたしが自然と放った気合に被せるように、二つの声が同時に響いた。その声に——

正確には、先に聞こえた方のバリトンボイスに主に反応し、あたしは思わず動きを止めた。今まさに投げ落とそうとしていた手を静止し、両腕を吊り上げたまま相手の顔へ目を向ける。絶対城先輩がペンライトの光を向けてくれたので、襲撃者の様相がよく見えた。

ベージュのトレンチコート姿の、細身の若い女性である。年齢は二十代後半で、身長は百六十センチほど。金髪のセミロングで、広い額には大振りなサングラス。長い睫(まつげ)と丸い瞳が印象的な、人懐っこそうな顔立ちだ。革製のショルダーバッグと大きなカメラを提げており、下半身をぴったりとしたジーンズで覆っていた。

ついでに言えば、さっきあたしが叩き落としたのは、折り畳み式の電磁警棒のようだった。「護身用折り畳み電磁警棒」「感電注意」とラベルが貼(は)られているので間違いないと思うが、問題はこの女の人だ。

敵意剝き出しの目をこちらに向けているこの人、放していいのかどうなのか。あたしは絶対城先輩と視線を交わした後、改めて女性に向き直り、おずおずと尋ねた。

「えーと。念のためにお聞きしますが」

「何よ」

「座敷わらしじゃないですよね」

「はあっ？　あのね、当たり前でしょうが！　こんな美女の座敷わらしがいるか！」

あたしが発した間抜けな質問を受け、両腕を引っ張り上げられた姿勢の女性が吠えた。甲高い声が座敷に響くのを聞きながら、あたしは傍らの先輩に向き直る。こう言っておられますが、と目で伝えれば、先輩は肩をすくめて嘆息した。

「だろうな。少なくともこんな騒々しい座敷わらしは聞いたことがない。何者だ？ここで何をしていた？」

「仕事よ仕事！　そっちこそ何者——って、あら、怪しいイケメン」

きんきん声で唸っていた女性が、絶対城先輩の顔を見るなり静かになった。大きな瞳がぱちぱちと瞬き、あたしと先輩を見比べる。その後、へへ、と決まり悪そうな笑みを漏らすと、女性は小さく会釈した。

「初めまして、モノクロのイケてるお兄さん。座敷わらしを取材中の怪談専門ライター、杉比良湖奈です」

＊＊＊

「もうびっくりしたの何の。この屋敷の裏手にバン停めてさ、裏木戸から不法侵入……

じゃない、取材にお邪魔してお座敷の写真撮ってたら、急に玄関の方から声がするんだもん。無人の廃村で人の気配がしたら、そりゃ身構えるでしょ？　特に私の場合うら若い美人なわけだから。だもんで警戒してたんだけど、そしたら問答無用でいきなり腕捻り上げられるしさ。もう死ぬかと思った！」

トレンチコート姿の女性ライターの大きな声が、夕暮れ時の囲炉裏端に反響していく。杉比良と名乗った女性は、聞き手の感想を確かめるようにあたし達三人を見回すと、あたしにじろりと横眼を向け、もう一度「死ぬかと思った」と繰り返した。片手には蓋の開いた発泡酒の缶を持っている。

「出会い頭に腕摑んで関節外して怪我させるって、もう正当防衛じゃないからね」

「ですから、さんざん謝ったじゃないですか……。あと、あたし、腕は外してないですよ。怪我が残るような技も使ってません」

藁で編んだ座布団に腰掛けながら、あたしはぼそりと言葉を返し、冷めつつあったコーヒーを一口啜った。とっくにお互いの自己紹介も事情説明も済んで、一緒に夕食を摂ることで和解できたと思っていたのに、また蒸し返しますか。

しつこいなあ、と溜息を落としていると、左隣に座っていた杵松さんが慰めるように苦笑してくれた。囲炉裏の角を挟んだ右隣の席の絶対城先輩は、いつもの平静な顔のままだ。知ってはいたが薄情な人である。その向こう、先輩の右隣には杉比良さんが陣取り、ぱっちりした目であたしを睨み付けている。視線を合わすとまたぶつくさ言われそうなので、あたしは囲炉裏へと目を向けた。

枠に囲まれた囲炉裏は一辺が二メートル弱の正方形で、炭火がまだちろちろと燃えている。中央には自在鉤（じざいかぎ）とか言うフックで黒ずんだ鍋が吊るされており、その中では先ほど四人分のレトルトカレーを温めたお湯が水へと変わりつつあった。鍋はこのお屋敷に置きっ放しになっていたものだが、水漏れもせず、ちゃんと使えた。

広間の一角を見れば、車から下ろしたあたし達の食事と、杉比良さんの荷物とが二つの小さな山になっている。上がりかまちの片隅に置いてあるのは、食べ終えたばかりのご飯やカレーの袋を入れたごみ袋だ。

まだ雨は降り続いており、くぐもった雨音が壁越しに聞こえてくる。もう日は落ちたようで、柵のような窓の外は、いつしか真っ暗になりつつあった。

持ってきたランプを吊るしてあるし、炭火も燃えているので視界は悪くはないが、この広間はただでさえ広い上に土間と一続きになっているので、光が隅まで届いていない。高い天井――ではない、屋根へと視線を上げてみても、入り組んだ梁（はり）は闇に紛れてしまってほとんど見えなかった。と、真上を見つめたあたしの様子が気になったのか、煙草を取り出していた絶対城先輩がぼそりと問うた。

「どうかしたのか、ユーレイ？」

「え？　いや、昔の家は暗かったんだなと思いまして」

「確かにねえ。その闇の中にこそ幽霊や妖怪は存在していたのだけれど、光が彼らを駆逐しちゃった、ってのは誰の言葉だったっけ。ユーレイちゃん知ってる？」

「知りません。あと、杉比良さんにその仇名で呼ばれる筋合いもありません」

「へー。専用の呼び方なんだ。絶対城くんにとって特別なのね、君。あ、いや逆か。絶対城くんが礼音ちゃんにとって特別なのか」

そうかそうかなるほど、と一人で納得してニヒヒと笑う杉比良さんである。悪人ではないようだが、相手をしていると疲れるのは否めない。

「まあ、一緒に食事するのはともかくとして……何であたし達の買ってきたご飯を分けないといけないんですか？　取材に来たなら食事は用意してるでしょう」

「私パサパサの携帯食しか持ってないし、どうせなら温かいもの欲しいし。不満と言うなら、そこにある発泡酒を提供するからさ」

「ですからね、あたしお酒飲めないんですよ」

「それは君の勝手でしょ？　絶対城くんはご相伴を承諾してくれたよ。ねー」

「後から来た俺達に先客を追い出す道理はないと言っただけだ」

ドライな態度で応じながら、先輩は煙草をくわえて火を点けた。心底どうでもいい話題なのだろう、投げ槍(やり)な口調だったが、杉比良さんは怒るでもなく「イケメンは何言っても許す」と笑い、流し目を先輩へと向けた。

どうもこのライターさん、最初に会った時から絶対城先輩の容貌がお気に入りのようだ。先輩は確かに顔立ちの整った人ではあるし、親しい相手が第三者に評価されるのは嬉しいことではあるのだけど、露骨にしなを作ったり上目づかいを向けられたりすると、心が妙にささくれるのもまた事実だったりする。先輩が全然応じないのは分かっているし、それはそれで杉比良さんが可哀想(かわいそう)ではあるんだけど。内心でぼやきつつコーヒーを飲んでいると、隣の杵松さんが苦笑とともに小声を漏らした。

「湯ノ山さん、顔が怖くなってるよ」

「え？　あ、すみません」

「いえいえ。まあ僕も気持ちは分かるから。阿頼耶は色目になびくタイプじゃないし、人を見る目はあると知ってるものの、それでも思うところはあるよね」

表面上は優しげな笑みを湛えたまま、杵松さんが静かに語る。どういう意味です、とあたしは聞こうとしたのだが、そこに杉比良さんが口を挟んだ。一本飲み終えてしまたのだろう、新しい発泡酒を片手に持っている。

「しかし物好きな子達よね。わざわざこんな山奥まで座敷わらしを見に来るなんて。今時の大学生ってそんな暇なの？」

「それなりには忙しいですよ。そちらはお仕事なんですよね？」

頭を掻きながら応じたのは杵松さんだ。眼鏡越しの穏やかな視線を向けられ、杉比良さんはうなずきながら缶の蓋を開けた。ぷしゅっ、と軽い音が響く。

「そうですよー。お姉さんは怪談ライターのお仕事なのです。心霊スポットを実際に訪ねて調べ、いかに恐ろしくいかがわしくどぎつく陰惨なことが起きたのかを実情はほぼ無視して書くという、実に崇高なお仕事です」

「捏造（ねつぞう）するってことですか？」

「きついなあ。そこは誇張って言ってよ」

杵松さんの容赦ない問いかけに、杉比良さんが肩をすくめた。お酒が回って熱くなったのか、片手でコートの前を開ける。スレンダーな体にフィットしたタートルネックのシャツを露わにしながら、杉比良さんは杵松さんを見返し、苦笑する。

「てか杵松くん、癒し系な可愛い顔に似合わず手厳しいわね。もしかして絶対城くんよりもSっ気強いキャラだったりする？」

「どうでしょう。キャラって自称できるものじゃないですから、僕には何とも」

「わーお。その切り返し方がまたサドい」

笑顔で先を続けようとした杉比良さんだったが、ふいにその声が途切れた。同時に肩ががっくりと落ち、「捏造かあ……」とぼやきが漏れる。杵松さんの発した言葉が少し遅れて効いてきたらしい。発泡酒の缶を床に置く音に続き、大きな溜息が囲炉裏端に響いた。

「まあ、そう言われても仕方ないような仕事しかしてないもんね……。情けない……。と言うかさ、仕事仕事って言ってるけど、君達、私の仕事とか知らないでしょ？　絶対城くん、私の名前知ってた？」

「初耳だったな。怪異を扱った資料にはそれなりに目を通しているが」

「ですよねー。杵松くんもその顔じゃ知らないな。礼音ちゃんは？」

「すみません、存じませんでした……。どういうところで書かれてれるんです？」

「色々、様々、種々雑多。コンビニに並んでるペーパーバックとかホラー系漫画雑誌のコラムとか、あとは胡散臭いＷＥＢマガジンとかね。怪談と都市伝説だけじゃ食ってけないから、合法ドラッグとか裏サイトみたいなアングラ系の怪しいネタまで、何でも広く浅くやってます。ライターって言えば聞こえは良いけど、捏造誇張何でもありの、編プロの小間使いみたいなもんでね……。ああ金が欲しい」

　アルコールの混じった吐息とともに、ストレートな本音が落ちる。分かりやすい落ち込みぶりを見せつけられ、あたしはおずおず口を挟んだ。

「で、でも、ちゃんと現場まで取材に来られるんだから立派だと思いますよ。適当にでっちあげてるわけではないんでしょう？」

「ありがとね。でも、好きで来たわけじゃないのよ。そのへんの古民家の写真で誤魔化したいのに、最近はネットの暇人がすぐ答合わせしやがるからさあ……。勿論、原稿にする時は具体的な住所はボカすけど、気付く人っているからね。それに、人食い村の噂も調べたかったし」

「人食い村？」

　あからさまに不穏な響きを、あたしは思わず繰り返した。知ってますか、と先輩や杵松さんに視線で問うより先に、杉比良さんが口を開く。

「マイナーな話だから知らないのも無理ないか。ちょっと前にネットに流れてた都市伝説でね、某県某山中に怪しい廃虚があって、そこに行った者は帰ってこないという、単純な実話怪談よ。絞り込んでみたところ、どうもこのあたりの地形が近いんだけど、それっぽい廃墟はなくってねえ。絶対城くんご存知ない？」

「その噂を見たことはあるが、場所についての情報は持っていないな。よくある実話怪談のように、誰かがでっち上げた話じゃないのか」

「やっぱりそう思う？　だよねー。一回の遠出で二つ取材しようって心掛けが甘かったか……。ま、今回は別件もあったから、丁度良かったんだけど」

「別件って何です？」

「え？　ああいやいやいやいや、何でもない何でもない、こっちの話！　ほら、座敷わらしはいい妖怪だし、もし見られたらめっけもんかな、みたいな？」

気が緩んで漏れた言葉を打ち消すように、杉比良さんが声の調子をいきなり上げる。作り笑顔で「ね」と一同に同意を求めた怪談ライターは、床に両手を突いて胸を反らし、天井を見上げながら続けた。

「人食い村なんかに比べると、座敷わらしは害がなくって可愛くて良いよねー。幸せにしてくれるらしいし、二番目に会いたい妖怪よ」

「二番？　じゃあ一番は」

「無論、金玉（かねだま）」

杉比良さんが即答した。カネダマって何だろう。聞き慣れない名前に首を傾げれば、煙草を味わっていた絶対城先輩が口を開いた。

「近世に関東全域で語られた妖怪だな。金の玉、あるいは金の霊と書き、いわば金運の権化だ。その名の通り金色に輝く球体で、空を飛ぶ。これが家に飛び込んできたり、あるいは道端で拾ったりすると、金銭に不自由しなくなるとされた」

「詳しいじゃん。そうそう、それがほんとに落ちてきてくれないかなーって」

「あいにくだが、金玉は占星術の流れを汲む一種の信仰だから実在はしないぞ。江戸時代の一時期、金銀星信仰――即ち、蠍座のアンタレスと金星とを商売の神として崇める民間宗教が都市部の商人の間で流行ったんだが、この信仰が一般化して生まれたのが金玉だ。空の輝く球体と言うのは要するに夜空の星のこと。今でも流星に願いを掛ける習慣があるが、要するにあれの同類だ」

「……そうなの？　私の見た妖怪図鑑には、そんな話はどこにも」

「見た本が悪かったんだな。妖怪学的に言えば金玉は『実怪』で『仮怪』で『物怪』、つまり物理的かつ科学的に実在する現象を、主観によって妖怪扱いしたものに過ぎない。単なる天体なのだから、実際に落ちてきても厄介なだけで益はないぞ」

重く低くよく通る声が、杉比良さんの夢をあっけなく砕く。解説を終えた黒衣の妖怪学徒は、口を休めるように煙草をまた一口吸い、白い煙をぷかりと吐いた。いきなりの妖怪学講座に驚いたのか、杉比良さんはぽかんと先輩を見つめていたが、ハッと我に返って「勉強になりました」とつぶやいた。

「詳しいのね……。単なる物好きの変人かと思ってたけど、もしかしてプロの方？」

「妖怪学にプロもアマチュアもないが、専門ではあるな」

「そういうことなら先に教えてよー。じゃあその専門性を見込んで聞くけど、この村の怪しい噂、何か知らない？　座敷わらしが出るってだけじゃネタが弱くて」

取材モードに切り替わった杉比良さんが、傍らのショルダーバッグから大振りな手帳を取り出して絶対城先輩に向き直る。現金な人だ。あたしが苦笑していると、杵松さんが先輩へ呼びかけた。

「阿頼耶、来る途中に何か言ってたよね。怪音だっけ」

「怪音？　つまり怪しい音？」

「ああ。かつての住人が語った話だ。何かを叩くような、あるいは打ち上げるような、ぱん、という音が、屋外で響くことがあったとか。勿論、音源を確認しに行っても何もない」

「ふむふむなるほど……。シンプルで地味だけど奇妙っちゃ奇妙ね。そういう妖怪、何て言うんだっけ。野鉄砲？」

「野鉄砲は蝙蝠状の物体を吐き出して人の顔を塞ぐ妖怪であって、発射音を響かせるわけではない。強いて分類すれば破多破多だな。夜半、屋外から、畳か何かを叩くような音が聞こえるという怪異だ。祟りをなす石の精や古井戸など、音源とされる存在は伝承地域によって異なる。似たような妖怪に畳叩きがいるが、これの原因は大木に住み着いた狸とされていた」

「狸？　可愛いけど怖くないなあ、それ。記事にするなら理由を適当にでっち上げた方がいいかもね。一夜にして住民が消えた村に響く謎の怪音――いや、ラップ音！　それは惨殺された村人達の怨念か、はたまた土地の悪霊の誘いか」

「え。ここの村人って一晩のうちに殺されたんですか？」

「そっちの方が盛り上がるでしょ。怖けりゃいいのよ」

　あたしの驚きを受け流し、杉比良さんが慣れた手つきで手帳に何やら書き付けていく。なるほど、こういうスタンスで仕事をしているわけか。よく分かりました。あたしが呆れていると、先輩は杉比良さんの手帳をちらりと眺め、嘆かわしいと言いたげに溜息を落とした。どうしたの、と杉比良さんが問う。

「言いたいことありそうな顔だけど何か御意見でも？」

「扇情的であろうとする視点が、怪異の記録保持に果たしてきた役割までは否定しない。そもそも妖怪は畏怖の対象であると同時に一種の娯楽だったのだからな。だが、怪異を記し広めるのなら、最低限の真摯さと敬意は必要だろう」

「そういう難しい話は学校でやってよね。私は原稿料貰えりゃいいの。怪音の原因と結果がはっきり説明できるならその通りに書くけどさ、できないんでしょ？」

「できるが？」

杉比良さんの挑発的な物言いに、落ち着いたバリトンボイスが切り返す。え、できるんですか？　驚く一同を見回すと、黒衣の妖怪学徒は短くなった煙草を囲炉裏へ放り、不健康な白く細い人差し指を口元に立てた。

「静かに。耳を澄ませるんだ」

それだけ言うと、先輩は口をつぐんでしまった。あたし達も釣られて黙り込んだものの、聞こえてくるのは炭が燃える音に雨音、あとは軒から落ちる雨だれの音が時折混じるくらいのものだった。当然と言えば当然だ。

こんなことをしてどうなるんです、先輩。妖怪「破多破多」の発する音が聞こえてきて、しかもその原因が分かるとでも？　不可解そうな杉比良さんや、対照的に面白がっている杵松さんと視線を交わしながら、あたしは耳を澄ませ続ける。

そして、そのまま数分が経った頃。

ふいに、ぱん、と軽い音が耳に届いた。

「――あ」

「今の！」

思わず声をあげたあたしに続き、杉比良さんが反応し、杵松さんも無言でうなずいた。幻聴ではないようだ。注意していないと聞き漏らしそうな小さな音だったが、でも確かに聞こえた……！　驚いて顔を見合わせるあたし達を前に、先輩がやれやれと肩をすくめる。

「やっと分かったか。しばらく前から何度も聞こえていたんだがな」

「え。じゃあ先輩、とっくに気付いてたんですか？　てか、この音って一体」

聞いたばかりの音を思い出しながら、あたしは先輩に問いかける。畳を叩く音と言われればそんな気もするし、何かが弾けた音のようでもあったけど、そんな音源が夜中の廃村の屋外にあるはずもないのに……？

視線でそう尋ねると、先輩は「それは」と口を開きかけたが、すぐに黙って立ち上がった。羽織を纏（まと）った長身が、古びた板の間と土間に長い影を落とす。羽織の中から愛用のペンライトを取り出すと、黒衣の妖怪学徒はぶっきらぼうに告げた。

「付いてこい。説明するより見に行った方が早い」

＊＊＊

「こんなのが破多破多の正体……？」

先輩がライトを向けた先にあるものを見て、あたしは間抜けな声を漏らした。杵松さんと杉比良さんも、あたし同様に屈み込んだ姿勢のまま、ぽかんと呆気にとられている。そりゃそうだろう、とあたしは思った。

絶対城先輩が向かった先は、屋敷の外周に沿って伸びる縁側の端だった。この屋敷に入る前にも一度確認した場所だ。雨を避けて軒下を進んだ先輩は、ここまで来るとふいにしゃがみ、縁の下を照らして「これが答だ」と告げたのである。

光が照らした先にあるのは、湿った地面と朽ちた木片、そしてその上に蔓延る黄色いカビ……のような何か。昼間に見た時と同じ光景——じゃない。カビ状の菌糸に生じた数ミリサイズの丸い粒の幾つかが、花弁のように開いている。何だこれ、と見入っていると、黄色の粒がふいに弾けた。

ぱん！

さっきと同じ大きな音が——ここまで近いとさすがによく聞こえる——縁の下に響

き、丸かった粒が花弁状に開く。ミリ単位のサイズのくせに随分大きな音を出すものだ。なるほど、これが原因だったのか……って。

「結局、これは何なんです。カビ？」

「菌類なのは間違いないだろうけど、キノコの仲間じゃないかな？　水分を吸収して膨らんで、膨張が限界に達すると破裂して胞子をばら撒くんだ。ホウセンカみたいなキノコなんだよ。しかし阿頼耶、よくこんなのに気付いたね」

「屋敷に入る前にこれを見ていたし、そういう生態の菌類がいることは知っていたからな。推測するのは簡単だ。おそらくこいつは——」

「多分タマハジキタケの亜種ね。こんな色の初めて見た」

絶対城先輩に割り込むように杉比良さんが声を漏らす。意外な真実に驚いたのだろう、怪談ライターさんは「カメラ持ってきて良かった」とつぶやき、大きな一眼レフを構えてフラッシュを焚き始めた。

「日本のキノコってまだまだ全然研究途上で、名前も付いてないのがごろごろあるからね。これ、もしかしたら新種か、未発見の日本新産種かもよ？　あ、新産種ってのはその地域では確認されてなかった生き物のことね」

「杉比良さん、キノコに詳しいんですか？　怪談ライターなのに？」

「アングラなネタは手広く扱ってるって言ったでしょ？　前にマジックマッシュルームを調べた時、一緒にキノコのことも色々知ったわけ。仕事で方々の怪しい場所を回ってるから、ドラッグについてもそれなりには詳しいよ。最近は手軽に高揚できる新製品が人気なんだけど、詳しく知りたい？　何ならお安く手配できるわよ」

「結構です。と言うか、それって絶対ライターの仕事じゃないですよね」

「さあどうでしょう？　それはそうと、廃村の怪音の正体は珍しいキノコだったわけか……。ううむ、意外性はあるけど怖くもなんともないわね……。よし決めた。やっぱり理由は適当にでっち上げよう」

あたしの問いかけをはぐらかして首を捻ると、杉比良さんは力強くうなずいた。その発言に呆れた絶対城先輩が、やれやれと大きく首を振って失望を示す。

「怖い怖くないの問題ではないだろう。仮にも記者なら責任を持て」

「どうせ編プロの名前しか出ないし、文責も何もないもんねー。大事なのはセンセーショナルでおどろおどろしいインパクトと、あと原稿料よ。金は大事でしょ？」

「意図的に自分を下賤に見せることで論点をすり替えるつもりか？　浅ましいな。俺はただ、記述対象に対する最低限のリスペクトは必要だと言っているだけで――」

「まああ阿頼耶、そのへんで」

そんな具合に破多破多の正体が判明し、怪異を扱う上でのスタンスについて絶対城先輩と杉比良さんがちょっと揉めた、その深夜のこと。

＊＊＊

「う……ん」

自分の漏らした吐息が耳に届き、あたしは目を覚ました。

高く暗い天井や妙に近い雨だれの音、常夜灯代わりのランタン、体を束縛する寝袋などなどに、ほんの一瞬困惑したが、すぐに状況を思い出す。ここは神籬村の茅葺屋敷の一室、広間から入った二つ目の畳敷きの部屋だ。雨漏りもなくて比較的綺麗だったので、あたしと杉比良さんの寝室として選んだのである。

色褪せた畳をよく見ると、繊維の間に根を張るようにカビだかキノコだかの菌糸があったが、まあそれくらいは仕方ない。すぐそこで寝ている杉比良さんは全く気にしていなかったし。ちなみに絶対城先輩と杵松さんの男子組は、すぐ隣、広間や土間に通じる部屋で寝ているはずだ。

それにしても体が熱い。うう、と息を漏らしながら体をよじり、枕元に転がしておいた携帯を引き寄せて時間を確かめる。午前の二時半という時刻は意外でもなかったが、携帯を掴んだ手がじっとりと汗ばんでいて、あたしは少し驚いた。

汗に濡れているのは手だけではない。顔も首も胸元も腕も、全身がうっすら汗ばみ、火照っている。気温は涼しいくらいなのに、タンクトップと寝袋の組み合わせが悪かったのだろうか？　熱っぽくて気分が悪いということはなく、むしろふわっとして気持ちいいくらいなのだが、水気を放出したせいで喉が渇いて仕方ない。

広間にミネラルウォーターのボトルが置いてあったから、あれをちょっと貰ってこよう。ついでに軽く体も拭きたい。あと、明日の朝、麓の町へお風呂に行こうと提案すること！　自分で自分に伝えながら、あたしはずるりと寝袋を脱ぎ、靴を履く。借りますよ、と小声を発してランタンを掴むと、杉比良さんがもぞっと動き、寝ぼけた声が寝袋から漏れた。

「礼音ちゃん……？　何、どっか行くの？　夜這い？」

「違いますよ」

「だったら私、絶対城くんがいい……あんたは杵松くんに……いやしかしどっちも捨てがたいし……」

「あたし水飲んできます」

真面目に付き合うのも馬鹿馬鹿しかったので、適当に返事をしつつ障子に手を掛け、静かに開く。隣の部屋で寝ている絶対城先輩達を起こさないよう、光量はギリギリに絞ったままだ。失礼します、と口中でつぶやきながら、あたしは男子組の寝室にそっと足を踏み入れた。

と、充電式の手提げランタンの放つ微かな光の中に、絶対城先輩と杵松さんの寝姿が二つ並んで浮かび上がった。

二人とも寝袋は使っておらず、アルミマットを敷き、薄手の毛布を被っている。五体を伸ばして真上を向いている絶対城先輩も、体に毛布を巻きつけて横を向いている杵松さんも、少しの寝汗はかいていたが心地良さそうな寝息を漏らしており、起きる気配はなかった。

あたしも寝袋じゃなくてマットにすれば良かったな。あと、見慣れてるはずの杵松さんの顔が妙に新鮮だと思ったら、寝顔も、眼鏡を外した素顔も見るのは初めてなのだ。普段は頼れる人なのに、こうして見ると意外にあどけない顔ですね。

勝手な感想を心の中で漏らしつつ、あたしは先輩達の寝室を通過した。音を立てないよう注意しながら、奥の障子を静かに開けると、囲炉裏を囲んだ広間に出る。土間に繋(つな)がる広い部屋は夕食の時よりなお暗く、いっそう不気味だ。

暗いし怖いし、体を拭くのは朝にして、とりあえず水だけ飲んで戻ろう。そう考えたあたしが、水や食料を置いた一角に向かってランタンをかざした——その直後。

ランタンの発するか細い光の隅で、何かがざわりと動いた。

「……え？」

微かな声が自然と漏れる。

見間違えかと思ったが、それは確かにそこにいた。食べ物を入れたスーパーのビニール袋の上に、黒い何かが——いや、誰かが、手を広げて覆い被さっている。身長は六十センチほどで、頭が大きく手足は短い。絵に描いたような子ども体型だが、不思議なことに、微かな光が当たっているにもかかわらず、その全身は影か闇のように真っ黒で、輪郭線しか見えなかった。

「……だ、誰？　誰なんです？」

湧き上がる恐怖を抑えながら、あたしはとっさに問いかける。だがそいつは、あたしの声を聞くより早く、弾かれたようにビニール袋から飛び退いていた。

短い手足を凄まじい速さで動かしながら、黒い子供が四つん這いで広間を駆け抜けていく。追いかける間もなく、そいつは広間から土間へと飛び降り、闇の中へと姿を消した。

ちょっと待って。どういうこと。今の誰。と言うか何？

一瞬――いや、正確には二瞬か三瞬、呆然と佇んだ後、あたしは慌ててランタンの光量を全開にし、黒い子どもの後を追った。

玄関の板戸は締め切ってあるから、土間に飛び降りても逃げ場はないし、子どもサイズの誰かが隠れる場所もない。だからあいつはまだこの空間にいるはずで、よく分からない相手はとりあえず追い詰めて確認しないと落ち着けない！　だよね！

そんな自問自答とともに、勢いよく土間に飛び降りる。堅い土をしっかり踏み締め、煌々（こうこう）と輝くランタンを高くかざして土間をぐるりと見回せば、そこには――。

「嘘！　何で？」

ハッと息を吞みながら、あたしはとんでもなく大きな声を発していた。

大声を出したら先輩達を起こしてしまう可能性もあったが、その時のあたしには、気遣いのできる余裕はなかった。理解不能の困惑と恐怖に耐えるので精一杯だ。

なぜって、黒い子どもの――つい今しがた、広間から這い降りたはずのあの誰かの姿は、土間のどこにも見当たらなかったのだから。

# 二章　ノタバリコ

岩手県に伝わる座敷わらしの一種。四、五歳くらいの子どもの姿をしており、夜中に土間から現れて家の中を這い回る。同類の妖怪の中では低級なものとされる。

「土間には誰もいないね。子どもが隠れられる場所もないし、お風呂場も同じくだ」

懐中電灯を手にした杵松さんが、土間を見回しながらあたしに告げた。

つい今しがた起きたばかり……と言うか、あたしの大声で叩き起こされたばかりなので、明るい色の短髪はぴんぴんと撥ねている。だろうな、とうなずいたのは、腕を組んで囲炉裏端に立つ絶対城先輩だ。こちらはほぼ普段通りの出で立ちだが、寝起きなので首元にネクタイが下がっていない。

「家具が山ほどあるならともかく、ほぼ壁と床しかない空き家なんだぞ。人一人が潜んでいればすぐ分かる。戸は閉め切られたままだから、外に逃げたとも思えない」

「で、ですよね……」

光量を最大にしたランタンの照らす広間の端、上がりかまちに腰掛けたまま、あたしはしゅんと縮こまった。首筋や胸元には嫌な汗がべっとりと滲んだままで、心の中にはまだ恐怖と困惑が渦巻いている。

杵松さんや絶対城先輩の言っていることはもっともだとは思う。思うのだが、ついさっき、土間へと這って消えた黒い子どもの姿は目にはっきり焼き付いているわけで……。どういうことなんでしょう、これ。あたし何を見ちゃったんでしょう？　すがるような視線を先輩に向けていると、咎めるような声が飛んできた。

「要するに寝ぼけたんでしょ？　ほんと人騒がせなんだから」

大きな声とともにあたしを睨んだのは、広間の柱にもたれかかっていた杉比良さんだ。セミロングの金髪をばさばさと掻くと、寝起きで不機嫌な怪談ライターは首に掛けたカメラを見下ろして続けた。

「何のこっちゃない。礼音ちゃんの勘違いよ。慣れない場所で不安になって、暗闇の中にありもしないものを見た気になってるだけ。よくある話じゃん」

「で、でも、あたし、本当に見たんです」

「目撃者はみんなそう言うの。その手の思い込みの激しいビリーバー、今まで何人見てきたか。証拠は何もないんでしょ？　写真も動画も撮ってない」

「それは……そうですけど」

「ほらー。だったら信用する理由がないじゃん。主観だけでは——」

「だが、嘘だと決めつける理由もないな」

あからさまに呆れる杉比良さんを遮るように、先輩が静かに口を挟んだ。え。意外な助け舟にあたしは思わず目を瞬いた。その間にも、黒衣の妖怪学徒は土間へと降りていた。水のボトルを持って土間の隅の流し場へと向かい、羽織の中から取り出したハンドタオルをぎゅっと絞る。

「ユーレイは軽率で浅はかだが、度胸と観察力はある人間だ。こいつが這う子供を見たと言うのなら、そのように見える何かがいた可能性までは否定できない。少なくとも俺はそう考える」

「先輩……。あたしの話、信じてくれるんですか？」

「頭から否定するわけではないというだけだ。とりあえず汗を拭け」

ドライな口調とともに、先輩が絞ったタオルを差し出す。ありがとうございます。あたしは小さく頭を下げてタオルを受け取ると、首周りをそっと拭った。しっとりと濡れたきめ細かい繊維は肌に心地よく、安堵の吐息が小さく漏れる。そんなやりとりを見ながら、杉比良さんがぼやいた。

「幻滅したなあ。身内の女の子だから信じるってわけ？　絶対城くんはもっとクールだと思ってたのに」

「ユーレイの見たモノが場所にそぐわない妖怪――例えば海坊主(うみぼうず)や塗(ぬ)り壁(かべ)だったら、さすがに俺も信じてはいない。だが、話を聞く限り、ここに出て消えたと言う黒い子どもは、座敷わらしの一種であるノタバリコによく似ているからな。座敷わらしの噂の伝わる廃村に座敷わらしの類が出たのだから、ある意味、筋が通っている」

あたしの傍で地面を見下ろし、絶対城先輩が言葉を重ねる。それを聞いた杉比良さんはちょっとだけムッとしたが、聞き慣れない妖怪の名前に怪談ライターとしての興味が勝ったようで、もたれていた柱から離れて土間に飛び降りた。

「ノタバリコ？　何それ、座敷わらしなの？　そもそも何語？」

「『のたばる』は『這う』『横たわる』を示す方言だから、ノタバリコは『這いつくばる子ども』というくらいの意味なんだろうな。岩手県の某家で採録された妖怪で、階級の低い座敷わらしの一種。四、五歳前後の子どもの姿をしており、土間から現れて座敷や茶の間を這い回る。ユーレイが見たモノの特徴と一致しているだろう？」

「え？　あ、はい！　確かに、そんな感じでした……！」

鳩尾（みぞおち）に溜まった汗を拭いながら、あたしは首を縦に振った。なるほどね、と相槌を打ったのは、土間にしゃがみ込んでいた杵松さんだ。まばらに生えた雑草の一本をそっと抜きながら、杵松さんは友人へと問いかけた。

「階級が低いって言ったけど、座敷わらしに低級高級の差があるのかい？」

「まあな。そもそも家に出る座敷わらしは、ずっと座敷に居続けるタイプと、土間を中心として屋内を移動するタイプに大別できる。似た容姿や属性の妖怪が何種類か伝わった場合、普通はどれかに習合されてしまうんだが、座敷わらしの場合は例外なんだ。なぜか複数の類例が同一地域に根付いている」

杵松さんを見下ろして小さくうなずくと、先輩はゆっくりと語り始めた。重く低くよく通る声が、真夜中の空き家に染み込んでいく。

「このうち、座敷定住型の座敷わらしは、いるだけで幸を招き、気配を匂わせる程度で姿は見せず、はっきり目視できるのはその家から去る時だけ。要するにベーシックな座敷わらしだ。白や赤の着物を纏っている、赤い髪をしている、普段は白くて家を去る時には赤くなる等々、色は主に赤と白。この種の座敷わらしが比較的階級が高い。まあ、幸運を授けてくれるんだから当然だな」

「随分ふんわりした表現使うのね。具体的にどういう状態にしてくれるわけ？」

「そこまでは知らん。ちなみに別の名前の類例も多く、『隅こわらし』や『蔵わらし』『倉ぼっこ』といったものも伝わっている。夜中に決まった部屋に、あるいは決まった畳の上に現れるという点は大体共通しているが、その行動や素性は幅広い」

「ほう。例えば」

「怪談ライターなら自分で調べるべきだろうが。まあ、代表的なところを挙げておくと、家人を金縛りにする、くすぐる、乗ってくるなどだ。変わった例では、座敷わらしは貴重な古書や古文書に宿った霊で、大事な書物を守っているのだという話もあったな。これは平成になってから岩手の岩泉で採録された伝承だ」

呆れながらもしっかり解説する先輩である。いかにもこの人らしい行動に苦笑している間に、杉比良さんは手早く手帳にメモを取り終えていた。

「高ランクの居続けタイプの座敷わらしはそういう妖怪である、と。じゃあ、もう一タイプの、土間から出てきて移動するやつは？　そっちの階級は低いのよね」

「ああ。評価の低さに見合って、この類の座敷わらしは家を言祝ぐことはない。夜間にうろついたり奇妙な音を出したりするだけだ」

「え。その気味悪いのも座敷わらしなの……？　もう全然別の妖怪じゃん」

「言ったろう。座敷わらしの幅は広いんだ」

眉をひそめた杉比良さんに、絶対城先輩が切り返す。長い前髪の下の双眸が、上がりかまちに腰掛けたあたしと、屋敷の奥へと通じる襖とを見据え、バリトンの効いた声がさらに続く。

「例えば、古屋の襖の隙間などから細長い手を伸ばす細手長手という妖怪がいるが、これもなぜか座敷わらしの一種とされているくらいだ。古来の座敷わらしは、家に憑き、屋内に出るモノの総称だったのかもな」

「へえ……」

襖の隙間から細い手が伸びていないことを確認しつつ、あたしは先ほど見た黒い子どもを回想した。異質で不気味で黒色で、闇そのものが人間の形を取って動いていたような、異様な姿。あれは富や幸せをもたらす存在にはとても見えなかったが、そういう座敷わらしもいるのなら、あれはそのタイプの座敷わらし――ノタバリコだったのだろうか？　そんなことを考えながら、あたしはぼそりと声を発した。

「座敷わらしって、幸せをもたらすだけの妖怪と思ってました」

「それが一般的な認識だろうな。だが、今でこそ座敷わらしは一種の福の神だが、戦後に語り直されるまでは、不穏さや後ろ暗さの付きまとう妖怪でもあったんだ。昨日は話し損ねたんだが、『口減らし』という風習を知っているか？」

「くちべらし？」

「ああ。要するに間引きでしょ。貧しくて養えないから、生まれたばかりの子どもを殺しちゃうってやつ。昔は日本中でやってたみたいね」

あたしが先輩の言葉を繰り返した直後、杉比良さんがけろりと口を挟んだ。先輩が無言でうなずいたところを見ると正解らしいが、素直に感心できる話題ではない。ぞくりと背筋が震えるのを感じながら、あたしは小さな声を発した。

「って、自分の家族を殺しちゃうってことですか……？　殺人じゃないですか」

「違う」

先輩がすかさず首を横に振った。え。違うって何が？　困惑するあたし、黙って聞き入る杉比良や杵松さんを見回すと、先輩は「違うんだ」と重ねた。

「七つまでは神のうち、という言葉を知らないか？　七歳になるまでの子どもは、人間社会ではなく神霊の範疇に収まる存在という意味だ。この国では、近世まで――いや、地方によっては近現代まで、子どもは人間のカテゴリーに入っていなかった。生まれたばかりの嬰児は人間ではないから、殺めたところで罪にはならないし、その死体は墓地に収めることもできない」

「お墓は人間専用の埋葬場所だから、ってことか……。そういう理屈なのは分かるけど、あまり理解したくはない話だね。でも、だとしたら、どこに――？」

「嬰児の霊は死後に暴れて悪さをしないよう、人に踏みつけられる場所に埋められたんだ。その場所は地域によって異なるが、家の土間に埋める文化は広く伝わっていたようだな」

「え。土間って――」

　今いる、ここのことですよね。そう目で問えば、先輩はこくりと首を縦に振る。それを見るなり、悪寒がぞくりと背中を走り抜けた。

　無論、今の説明はあくまで「そういう文化があった」という話であって、この家のこの土間に赤ちゃんが埋められているわけではないのだろうが、一度感じてしまった気味悪さはそう簡単に消えない。その光景を想像してしまわないよう肩を震わせていると、立って説明していた先輩が隣に座ってくれた。

「そうやって命を奪われた嬰児の魂を祀り上げ、家を守る神へと仕立てたのが座敷わらしなのだという説もある。家の神は大事だから、外から見えない閉ざされた部屋に隠すんだ。だから彼らの名前は」

「『座敷』わらしになった、ってことですか……？」

すぐ隣から響く言葉を受けながら、あたしは少しだけ先輩との距離を詰めた。剝き出しの肩が羽織に触れ、柔らかな感触が恐怖心を少しだけ和らげてくれる。「くっつくな」と怒るかな、と思ったが、先輩はちらっと見ただけで何も言わず、ただ淡々と先を続けた。

「ちなみに、嬰児の魂の祀り上げに失敗して祟るようになると、タタリモッケと呼ばれる妖怪になる。ノタバリコは家の神になり切れず、かと言って悪を為す力も得られなかった、なり損ないの座敷わらしなんだろうな」

「しかし、何だか勝手な話だね。自分達の都合で命を奪った相手を神様に仕立て上げて、家を守らせるなんて」

「人間ってそもそも勝手な生き物だからね。幸せになりたいのは誰でも同じだし、そのためには妖怪の設定なんかいくらでも作るし変えるでしょうよ」

杵松さんの重たい声に、杉比良さんがけろりと応じた。陰鬱なムードを振り払うために意図的に明るく振る舞っているのか単に図太いだけなのかは分からないけど、恐怖と不安に苛まれている身としては、この人のある意味無神経な言動はありがたい。

ほっと一息を吐きながら目を向ければ、杉比良さんはかまどの端に腰掛け、薄暗い土間を見回した。

「座敷わらしも結構ダークな妖怪なのねー。不勉強で知らなかったけど、そういうことなら、ここに座敷わらしの噂が生まれたのも納得できるかも。時に絶対城くん、この神籬村ってどうやってできたかご存知かしら？」

「何だ、藪から棒に。戦後すぐ、農地拡大と林業振興のために開拓されたんだろう」

「あら、そこまでしか知らないんだ？　じゃあこの先は私の方が詳しいわけね」

優越感を覚えた杉比良さんが、腕を組んでニヒヒと笑う。この人、何か知ってるんだろうか。先輩や杵松さんと顔を見合わせていると、かまどに座った怪談ライターはもったいぶって口を開いた。

「確かに概要は絶対城くんの言った通りなんだけどさ、私はもうちょっと具体的なところまで知ってるのでした。ここって、近隣の豪農の某が終戦後のどさくさに紛れて作った、私営農場に近い村だったのよ。こいつがまた評判の悪い男で、戦争で焼け出された都市の住人や大勢の戦災孤児を掻き集めて家畜同然にこき使ったとか、使わなかったとか」

「本当か？　いかにもありそうな話だが……しかし、どこで調べた？」

「ネットや本に乗らない情報を集めるのがプロのライターですから。そういう輩が仕切ったからこそ、戦後の混乱した時期に村を一つゼロから作るなんてことができたわけ。ちなみに、この屋敷はその某豪農の家ね。飛び抜けてサイズが大きいのは権力の象徴で、大クスノキの近くにあるところから『楠屋敷』と呼ばれていたとか、いないとか……。で、話を戻すと、その孤児達はろくに食事も与えられず酷使されたもんだから、結構な人数が亡くなったらしいのよ」

「ふむ。その話が真実だとすると――いや、真実として語られていたとすると、理屈は通るな。子どもの霊は座敷わらしの伝承と結び付きがちだ」

「でしょ？　かつて孤児が大勢亡くなった神籬村では座敷わらしの伝承が語られてて、それが最近、何かの拍子に思い出されたんじゃないかしら。こう考えると、無人の廃村に座敷わらしが出るようになった理由も納得できるでしょ？　それに、礼音ちゃんが見た黒い子ども——ノタバリコの正体も見当が付く」

　先輩の後を受けて解説しつつ、杉比良さんがあたしに歩み寄る。広間の端に腰掛けたあたしが「正体って」と問えば、怪談ライターは十字を切って不敵に微笑んだ。

「決まってるじゃない。酷使されて息絶えた哀れな子どもの霊よ」

「そ、そうなんですか……？」

「馬鹿を言え。悲惨な歴史があったとしても、霊が実在する証明にはならない。自然現象や動物を見間違えたのかも知れないし、この村に誰かがいる可能性もまだ否定できない。状況を確認する前に短絡的に答を求めるのは阿呆の振る舞いだぞ」

　ぞくっと怯えたあたしを、前髪越しの視線が冷たく見据える。そう言えばこの人、妖怪好きのくせに霊は嫌いなんだっけ。それを聞いた杉比良さんは「夢のない男ね」と先輩を睨み、先輩はムッとして反論しかけたが、そこに杵松さんが割り込んだ。

「とりあえず、続きは明日にして今日のところはもう休まない？　詳しく調べるのは賛成だけど、この暗さじゃ何もできないよ。ノタバリコがいたとしたって、襲い掛かってくるような妖怪じゃないんだから、寝ちゃっても大丈夫だろうし、僕は眠いし」

　やんわり微笑んだ杵松さんが、眼鏡を取って目を擦ってみせる。その毒気のない行動に、あたし達は顔を見合わせ、そして揃って納得した。なるほど、確かに。

そうね、とうなずいた杉比良さんがまず奥の寝室へと戻っていき、杵松さんも歩き出す。あたしも寝ようと思ったのだが、立ち上がったところで隣の絶対城先輩がぼそりと言った。

「大丈夫か。一人で寝られるか？」

「子ども扱いしないでくださいよ」

先輩をじろっと睨み返し、おやすみなさいと告げて女子組の寝室へと向かう。

なお、反射的にそう言ってしまったことを、あたしはその後少しだけ後悔した。気遣われたら感謝を返すのが当然だし、先輩はあれで結構気を遣ってくれる人だ。なのにあたしは、つい言い返してしまうことが多すぎる。

この癖、そろそろ何とかしないとね……。

と、そんなことを考えながら、あたしは今度こそぐっすり眠ったのだった。

＊＊＊

「うん。怪しいところは何もなし、と」

虫食いの穴の目立つ床の間を前に、あたしは自分に言い聞かせるよう声を発し、ついでに奥座敷を再度ぐるりと見回した。楠屋敷の最奥部に位置するこの部屋の広さは畳八枚分で、奥には立派な床の間がある。古びて汚れている点を除けば、何の変哲もない普通のお座敷だ。

ノタバリコ騒ぎから一夜が明けた翌朝である。あの後は特に何もなく、全員朝まで熟睡できた。広間で皆で軽く朝食を摂った後、ノタバリコがいるにせよいないにせよ村を手分けして調べてみよう、ということになり、あたしは屋敷の中の検分を担当しているところだ。

今日は昨日と違って天気も良いので、雨戸と窓も全て開け放ってある。昨日先輩と一緒に回った時と比べると、屋敷の中は段違いに明るく、部屋の細部もよく見えた。この奥座敷は四方を壁と襖に囲まれているのでやや薄暗いのだが、隣室の窓から光はちゃんと入っている。この村ならではの美味しい空気も光と一緒に流れ込んできて、気分を高揚させてくれていた。

ずっと締め切られていた空き家の内側と、山林に囲まれた大自然とでは、当然ながら空気の味が全然違う——と、そこまで考えたところで、あたしは「でもないな」と首を捻った。

思えば、この屋敷に入った時も、空気が濁っているようには感じなかった気がする。

普通の空き家ならもっと淀んでいるはずなのに。板壁や床は隙間や穴だらけだし、茅葺屋根も通気性が良さそうだから、換気されているのだろうか？

ともあれ、屋敷の調査はこれでひとまず完了だ。玄関側から一部屋ずつ見て回ったけれど、怪しい箇所は特になかった。強いて挙げれば、虫の食った穴があちこちに開いていたこと、寝室の畳に生えていた菌糸が別の部屋にもあることなどは確認できたが、別段不思議な現象でもない。

と言うか、今さらながら、何を探せばいいんですかね？ ノタバリコの痕跡？ でも、妖怪がそんなもの残すんだろうか……？

自問自答しながら、小さな部屋を幾つか抜けて土間へ。構造上仕方ないのだろうが、窓と雨戸を全開にしても、家の中央に位置する部屋は薄暗い。そして暗がりを見るとあの黒い子どもが這っていそうな気がして、つい足が速くなる。

もう出てきませんように。心の中で祈りながら、合気道家ならではの摺り足で広間まで急ぐと、青いシャツのしなやかな背中が土間にうずくまっているのが見えた。杵松さんだ。足音であたしに気付いたのだろう、杵松さんはこちらが声を掛けるより早く上体を起こし、「やあ」と片手を掲げて笑った。

「お疲れ様。何か収穫はあった？」

「あいにく何も。杵松さん、ずっと土間を見てたんですか？」

「だって、湯ノ山さんの見たノタバリコは土間に消えたんだろ？　だったらその答はここにしかないと思うんだよ。幻覚を見せる原因か、それとも抜け道か」

そう言うと杵松さんは、足下の固い土を手の甲で軽く叩き、優しく笑った。忍者屋敷じゃあるまいし、抜け道なんかはないだろうけど、あたしの言葉を信じてくれているのが嬉しい。あたしは釣り込まれて笑みを返し、土間へと降りた。

「で、何か見つかったんですか？」

「強いて言えば、玄関の板戸の陰にこんなのがあったよ」

そう言いながら杵松さんが示したのは、小ぶりな木槌だった。かなり使いこまれた道具のようで、全体的に摩耗して角がどこにもない。持ち手の根元には、黒いインクで「J」と「U」らしき二文字が記されていた。

「JとU……ですよね、この字。どういう意味でしょう」

「持ち主のイニシャルじゃないかな。他の道具より新しいし、この家を補修した人の忘れ物だと思うんだ。だから何ってわけじゃないけど」

あたしが返した木槌をベルトに差し込み、杵松さんが再び屈む。まだここを調べてみるつもりらしい。手伝いましょうかと声を掛ければ、肩越しに微笑が返ってきた。

「ここは僕だけで大丈夫。湯ノ山さんは外を回って気分転換してきたら？　晴れてて気持ちいいし、きっと阿頼耶も寂しがってるよ」

「先輩が寂しがるとは思えませんけどね。でも、せっかくですしお言葉に甘えます」

では、と手を振り、あたしは擦り減った敷居を越えた。

なるほど確かに、温かい日差しが心地いい。さて、どっちに行きますか。


廃村をうろついていると、水の流れる音が耳に入った。昨日は気付かなかったが、小川が流れているらしい。

それに釣られて麗らかな道を歩いていけば、川の近くの廃屋の前に軽のバンが停まっていた。家の中からシャッター音が聞こえているので、あれは杉比良さんの車なのだろう。外れた戸板の中を覗いてみると、案の定、トレンチコート姿の女性がカメラを構えてフラッシュを光らせていた。

「やあ礼音ちゃん。何か見つけた……感じじゃないわね？　ってことは、私に用？」

「そういうわけでもないですが。何してるんです？」

「お仕事よお仕事。座敷わらしはいないけど、雰囲気いいからね、ここ。心霊写真の素材に使えそうだから、撮り溜めしてるところ」

「はあ、なるほど」

心霊写真の捏造を公言する姿に呆れながら、あたしは川沿いの廃屋に入ってみた。茅葺屋根で木造という構造こそ泊まっているお屋敷と同じだが、スケールは二回りほど小さかった。村の方々にある空き家は大体ここと似たサイズだから、あの屋敷が特別に大きいのだろう。

乾いた土間を踏み締め、荒れた屋内を見回してみる。玄関から入ったところに広がる土間は逆T字型で、Tの縦棒にあたる部分が家の最奥部まで突き抜けていた。部屋はその左右に二つずつあったらしいが、壁や障子は腐って倒れ、残った柱も虫食い跡だらけだ。畳はもろもろに朽ちており、草やキノコが生えている。最近補修されたらしいあの大きな屋敷と違って、ここは神籬村が廃村になった頃からずっと放置されていたのだろう、荒れ具合が凄まじかった。

「何十年も放っておかれると、こんな風になっちゃうんですね……」

「紙と木の日本家屋は経年劣化しやすいからねえ。この家は特に川が近くて湿気やすかったろうし……。でも、思ってたより綺麗ではあるわね」

カメラを下ろした杉比良さんが、意外な評価を口にする。そうなんですかと尋ねると、杉比良さんはこくりとうなずき、右側の部屋に足を掛けて上がった。

「山中の廃村や廃墟って怪談の舞台になりやすいでしょ？　だから何度も取材したけど、普通はもっとめちゃくちゃなのよ。人が居ないと野生動物がすぐ入り込んで荒らすから。でもさ、ここって腐ったり朽ちたりしてるだけじゃん」

「言われてみれば確かに。ですけど、何で動物が入ってないんですかね」

「うーん。誰か定期的に巡回してたのかなあ。礼音ちゃん知らない？」

杉比良さんが尋ねてきたが、神籬村の事情に一番詳しい人が知らないことをあたしが知ってるはずもない。そう言って肩をすくめれば、そりゃそうか、と明るい声が返ってきた。

「で、杉比良さんは何か見つけました？　空き家回ってたんですよね」

「白骨死体を二十ほど。神籬村大量殺人事件はやはり起こっていたのね！」

「え。ほ、ほんとですか？」

「ザ・嘘」

怯えたあたしに背を向けたまま、けろりと言い放つ怪談ライターである。思わず首筋に手刀を見舞いたくなったが、そこはぐっと我慢した。

「昨夜のあれで神経質になってるんですから、そういうのやめてくださいよ」

「はいはい。まあ、怪談ライター的にはそういうネタでもないと原稿が盛り上がらないんだけどね。どの空き家にも血痕の一つも残ってないし、骨の一本もなかったもんなあ。死体をきれいに分解する仕組みがあったとか、骨までバリバリ食べちゃうような猛獣が出たとか……？　いや、それはさすがにもうジャンルが違うし……むう……実話怪談に許されるリアリティラインとは一体……」

ファインダー越しに廃屋を見回しながら、杉比良さんが悩み始める。誇張と捏造専門のライターならではの気苦労というものがあるらしい。形式的に一応同情していると、ふいに問いかけが飛んできた。

「ところでさ。礼音ちゃんって東勢大の経済学部だったよね」

「ええ。でも、それが何か」

「昨夜言い損ねたんだけど、私も東勢大の学生だったのよ。しかも経済学部」

「そうなんですか？　卒業生だったら、言ってくれれば良かったのに」

「そこはちょっと違うんだなあ。卒業じゃなくて中退なのよ」

杉比良さんがけろりと告げた。こちらに背中を向けているので、その表情は分からない。どう返していいものかと悩んでいると、コート姿の怪談ライターは「ほら、コメントに困るでしょ」と明るく言った。

「だから昨夜は言い損ねちゃったのよ。あ、気は遣わないでいいからね」

「そう言われても……。中退って、何か事情があったんですか？」

「事情と言うか何と言うか。三年までは普通に卒業して就職するつもりだったんだけどさ、いわゆる意識の高いタイプだった上級生が、就活で病んじゃってね。その上の先輩がブラック企業に使い潰されたのも知ってたし、ああはなりたくないなと思っちゃったわけ」

「な、なるほど……。しかし、何でそこからライターに」

「何でだろ？　たまたまバイトで関わってたプロダクションがライター募集してたから、かな？　そのままスルッとフリーの売文業になって今に至るわけですが、これがまあ儲からなくってさあ。あ、自分なりに試行錯誤はしてるけど、なかなかね」

「大変なんですね……」

「そうなのよ。というわけで何か儲け話ない？　安く買うわよ」

　シャッターを何回か切った後、杉比良さんは振り返ってニッと笑った。しんみり聞き入ってしまったが、要するに金になる話はないかと聞きたかったらしい。だったら先にそれを言ってくださいよ、とあたしは呆れた。

「ないです。じゃあ、あたしそろそろ行きますね」

「はいよー。じゃあまたね」

「ええ。そうだ、先輩見ませんでした？　村のどこかにいると思うんですが」

「あの黒い彼なら、さっき村の真ん中の大木の方に歩いてったよ」

「ああ、大クスノキのところですか？　ありがとうございます。じゃ」

「はい――って、そうだ！　あのさ礼音ちゃん、モデルやんない？」

　空き家から立ち去ろうとしたあたしを、ふいに大きな声が呼び止めた。思わず振り返った先で、杉比良さんがカメラを軽く叩いて笑う。

「モデルやってよ、モデル。ほら、『これは亡くなったAさんが止せばいいのに出向いた廃墟で撮影したものだ。Aさんの後ろに子どもの霊が見えるのがお分かりだろうか』的なやつ」

「……つまり、そのAさんをやれと？」

「うん。単なる廃墟の写真より、薄着の女の子がいた方が見栄えは良いでしょ？　まあ、礼音ちゃんの場合、手足固げで強そうなのはマイナスなんだけど……あ、勿論目線はちゃんと入れるわよ？　プロフィールと死因と命日は適当に捏造するし」

「嫌ですよ。縁起でもない」

　長々とした説明の途中で、あたしはきっぱり言い切った。目線を入れられた写真を世間に公表されるだけでも辛いのに、何が悲しくて幽霊に殺されなくちゃいけないんですか。あたしは念押しのように首を横に振り、「お断りしますからね」と告げると、小さな廃屋を後にしたのだった。

神籬村のほぼ真ん中にそびえるクスノキは何しろ巨大なので、村のどこからでもよく見える。どういう自然現象の作用なのか、村の方々で盛り上がっている土饅頭を避けながら空を覆うように広がる枝葉を目指して進むと、二股に分かれた幹の傍らに黒い人影が一つ佇んでいるのが見えた。

隣の木が桁外れに太く高いせいで、長身の絶対城先輩もまるで子どもか人形のようだ。そんな可愛いものじゃないことはよく知っているけれど。心の中で苦笑しながら歩み寄ると木の幹を眺めていた先輩があたしに気付いた。

「ユーレイか」

「ええ。先輩、何してるんです？」

尋ねられた先輩は無言で目の前の樹皮を――ではない、木の幹に穿たれた空洞を指差した。ここを見ていたんだと言いたいようだ。自然にできたものらしい直径三十センチほどの洞の中には、土がみっしりと詰まっており、雑草が何本か生えていた。

「へえ。これだけ大きいと、周りだけじゃなくて中にも草が生えるんですね」

「らしいな。屋敷では何か発見は？」

「いえ全然。杵松さんはまだ土間を調べてますけど……何か見つかりますかね？」

「さあな。だが、明人がやりたいと言うなら任せておけばいい」

杵松さんを心底信用しているのだろう、先輩が事もなげに断言する。固い信頼関係に感心しつつ、あたしは先輩の隣に並んだ。

「そっちはどうでした？」

「村の外れに、共同墓地らしき跡があった。歴史の短い村だからだろうな、先祖代々の墓はなかったが、小さな無縁仏が幾つかと、あとは古ぼけた石仏が一体転がっていた。倒れていたので碑文などは確認できなかったが、あの光景を見る限り、杉比良が昨夜言っていた話はやはり本当らしいな」

「戦争で焼け出された孤児がこき使われて亡くなったたっていう……？」

あたしがぼそりと発した声に、先輩はただ無言でうなずき、そして村へと視線を向けた。子どもを酷使してまで拓かれた農地は、結局十年足らずで放棄され、今は草木が生い茂っている。そのことを思うと、可哀想と言うより何だか空しくなってしまう。神妙な気持ちでかつての田畑を眺めていると、先輩はふと思い出したようにあたしに向き直った。

「……ふむ」

腕を組んだ先輩が何やらうなずき、前髪の間から覗く双眸が、あたしの頭のてっぺんから足の先までをスキャンするようにゆっくり眺めていく。

まず剝き出しの肩と腕を見て、ショートパンツから伸びる脚を見て、また腕を見る。その無言の視線に耐えているうちに、じわじわと顔と体が熱くなってきた。裸でいるわけでもなし、見られて困ることはないが、こうまじまじと観察されるとさすがに恥ずかしい。

「あの……な、何です……？」

「動きやすそうな軽装だな、と思ってな」

「はい？　まあ、羽織姿の先輩よりは動けますが」

自分の体を抱き締めるように腕を組み、心持ち後退しながら問いかける。急に何を言い出したんだ、この人は。意図が読めずに困惑していると、先輩は目の前の壁のような樹皮を軽く叩き、こう言った。

「少し確かめたいことがある。お前、これに登れるか？」

「……はい。確かに、先輩の言う通り、幹をごそっと削り取った跡がありますね。刃物で抉ったみたいな」

　大クスノキの樹上から、あたしは先輩を見下ろして告げた。いつもは見上げている相手に、上から話しかけるのはなかなか新鮮だ。しかし、真上から見るとほんと真っ黒なんだな、この人。口には出さずに思いつつ、目の前の木の幹の穴だか傷だかに触れてみる。

「木の皮がなくて、年輪が見えてます。割と新しい傷っぽい……あ、でも、角は丸くなってますから、何年か経ってるのかも。報告はこれくらいでいいですか？」

「ああ。下からではよく見えなくてな。助かった」

「どういたしまして」

「それにしても身軽なものだな。驚いたぞ」

「それほどでもないですよ。この木、登りやすいですし」

　広げた両足で太い枝を踏み締めながら、あたしは目の前の樹皮に触れ、そして広がる枝を見回した。登りやすいというのは謙遜でも何でもなく、素直な本音だった。

　根本周りの幹は丈夫な凹凸のある樹皮に覆われているし、幹が二股に分かれたところまで登ってしまえば、手掛かりや足掛かりになる太い枝も多い。このクスノキはヤマザクラと癒着していると昨日教えてもらったが、二本の木は完全に一体化しているようで、二色の枝が混ざり合って伸びている。樹木の生命力を窺わせる光景を前にしながら、あたしは地面の先輩を見下ろした。

「一番上まで登れと言われたら無理ですが、これくらいなら簡単ですよ。……それはそうと、あんまりまっすぐ見上げないでくれません？」

「どうしてだ」

「どうしてもですよ」

顔が赤らんでいるのを感じながら、ぼそりと言い放つ。穿いているのがショートパンツであってスカートではないとは言え、広げた足の間を異性に真下から見られるのは、さすがにちょっとこうあれなのだ。てか、先輩は男性でこっちは女子なのだから、その辺のデリカシーをですね……。

口にしづらいモヤモヤが、心の中で渦を巻く。はっきり言ってやろうかと思ったが、ほいほいと木に登っておいて今さら何をと呆れられそうな気はするし、説明したところで理解してもらえるとも思えない。あたしは小さな溜息を落すと、足場にしていた太い枝の上に腰を下ろし、脚を揃えてぶらんと振った。

「とりあえず、これでよしとしておきます」

「何がだ？　よく分からん奴だな」

「もういいですから。それより先輩、何を確かめたかったんですか？　この木を削った跡は何なんです？」

「ああ、それか？　誰かがこの木を治療した証拠だろうな」

あたしの意図が本気で分かっていないのだろう、先輩は小さく首を傾げつつ、いつもの口調で語り始める。まっすぐではなく、ちらちらとこちらを見ているあたり、一応気を遣ってくれてはいるらしい。

「腐朽菌、つまり生きた木を腐らせてしまう細菌に樹木がやられた時は、感染した部分を削り取って乾かすことで治療するんだ。木に栄養を与えるために洞には培養土を詰めてあるし、根元の地面には通気性確保用の竹筒を刺した跡もあった」

「へえ。つまり、弱ってたこの木を、誰かが治したってことですか？」

「おそらくな。腕の良い植木屋か樹木医が処置したのだろうが……ああ、すまん。もう降りてもいいぞ」

説明の途中で、先輩が思い出したように言う。了解です。あたしはうなずき、枝を摑んで立ち上がろうとしたが、ふと手を止め、再び腰を下ろした。

「もうちょっとここにいてもいいですか？　高くて気持ちいいですし、先輩を見下ろすのも新鮮です」

足をぶらぶらと振りながら、地面に向かって声を投げる。先輩はきょとんと目を瞬くと、呆れたように「好きにしろ」と言った。好きにしますよ、ええ。

そうして、どれくらいの間村を眺めていただろうか。木の下に立っていた先輩が、ふいにぽつりと声を発した。

「ユーレイ。昨夜は悪かったな」

「え。急にどうしたんですか？　悪かったたって、何のことを」

「ノタバリコを見たろうが。お前が怖い思いをしたのは、元を辿れば俺が神籬村に行くと決めたから。謝るのは当然だ」

小さな、しかしはっきり樹上にまで届く声で、黒衣の妖怪学徒が言葉を重ねていく。

急な謝罪にぽかんと驚いて見下ろす先で、黒い肩が自嘲するように上下に動いた。

「座敷わらしは元々無害で危険性のない妖怪で、特に近年では不穏で不気味な設定が消えつつある。だから、最近になって噂が語られるようになった村ならば、そうおかしなものは出ないと踏んでいたんだが……まさかノタバリコが実際に出るとは思っていなかった。俺としては大きな収穫だが、それとこれとは別問題だ。お前が言った通りのモノが出たのなら――違うな、出たのだから、さぞ気味が悪かったろう」

「それは……ええ、まあ。はい」

「だろうな。また、口減らしの話をしたタイミングについても反省はある。今思えば、あの場で口にすべき話題ではなかった。無闇に怯えさせるつもりはなかったものの、俺の配慮が至らなかった。——すまん」

　途切れ途切れの聞き慣れた声が、ゆっくりと耳に滑り込んでくる。上から見下ろしているので先輩の表情は見えなかったが、それでも思いは伝わってきた。この人も反省するんだ、という驚きに、思わず目が丸くなった。

「先輩が謝るなんて、どうしたんです……？　あ、もしかして、昨夜あの後、杵松さんに怒られたとか」

「……それもある」

　どこか照れ臭そうな即答が響く。やっぱりとは思ったけれど、気遣ってもらえるのはそれでも嬉しく、つい顔がほころんだ。先輩の照れが伝染したのか、お礼をはっきり口に出すのが妙に恥ずかしい。なのであたしは小声で「ありがとうございます」とつぶやこうとしたのだが、その矢先、よく知っている明るい声が耳に届いた。

「おーい、阿頼耶！」

　掲げた片手を振りながら駆け寄ってきたのは杵松さんだ。腰にはさっき見せてもらった木槌が刺さったままで、穏やかな表情こそ普段通りだが声が上擦っており、肌も上気しているように見える。杵松さんはずっと屋敷の土間を調べて回っていたはずだけど、何か発見があったのだろうか。

「どうしたんです、杵松さん？」

「えっ？　ああ、何だ、そこにいたんだ、湯ノ山さん。どうして木の上なんかに」

「先輩に頼まれてですね」

「馬鹿と煙は高いところが好きなんだ。それより何か見つけたのか？」

樹上のあたしの説明をばっさり遮りながら、先輩が友人に向き直る。それを聞いた杵松さんは、木の上で膨れるあたしに苦笑を向けると、すぐに先輩へと近付いた。

「見つけたと言うより、気付いたことがあってさ。もしかして――」

先輩の耳元に口を寄せた杵松さんが、ぼそぼそと小声で何やら伝え、先輩が興味深げに小さくうなずき、杵松さんがまた何か言う。ひそひそ声での会話は木の上には全く聞こえなかったが、二人のテンションが上がっていることははっきりと見て取れて、あたしは溜息を落としていた。相変わらず仲のよろしいことで。

＊＊＊

そして、その夜。

あたしは楠屋敷の板戸の陰で片膝を突き、少しだけ開けた戸の隙間から無人の広間を覗いていた。土間に通じる広間には囲炉裏の火もランプもなく、光量をギリギリまで絞ったランタンが囲炉裏端に置いてあるだけだ。かなり暗いが、一時間近くこうしていると目が暗闇に慣れてきたようで、徐々に見えるようになってきている。

土間から上がりかまちを越えたあたりの床板には、白く長い立方体が何本かまとめて転がしてある。杉比良さん提供の、糖分多めでカロリー満点の棒型携帯食だ。で、その上には、屋敷の戸棚に置きっ放しだったガラスの鉢が、今にも携帯食に被さりそうな格好で設置されていた。鉢の縁を支えているのはしっかりした太さの木の枝で、枝には細い糸が結び付けられており、その糸の端を持っているのはあたしのすぐ隣でスタンバイ中の杵松さん。昔ながらの雀(すずめ)を取る仕掛けである。古い漫画なんかで知ってはいるが、実際に使っている現場を見たのは初めてだった。

「今さらですけど、ほんとにこんな単純な罠(わな)で捕まえられるんですか……？」

「しっ」

ぼそりと漏らしてしまった小声をすかさず制したのは、あたしの上から戸板を覗いていた絶対城先輩だ。手にしたペンライトのスイッチに指を掛けたまま、先輩はあたしをじろりと見下ろした。

「声を出すなと言ったろう。警戒されたらどうする」

「阿頼耶の言う通りだね。というわけで、もう少しお静かにお願いします」

「お静かにって言われてもねえ。黙ってりゃ座敷わらし——じゃないか、ノタバリコが出てくるっての？」

先輩と杵松さんの忠告に、杉比良さんがぼやきを返す。あたし達から少し離れた板戸の陰、丸く開いた節穴から広間を覗きつつ、そしてカメラを両手で構えつつ、トレンチコートの怪談ライターは大きく肩をすくめてみせた。

「てか、君達本気でノタバリコがカロリーバーに釣られて出てくると思ってて、あのガラス鉢でそれを捕まえるつもりなわけ？　罰当たりとかそういうレベルじゃなくて、本気で意味が分かんないんだけど……。黙って見てろって言ったから従ってるものの、ぼちぼち本意を教えてくれてもいいんじゃないの？」

「まあまあ。もう少しのお楽しみですよ」

「そう来ると思いました」

にこやかな杵松さんのコメントに、あたしは苦笑いとともに小声を漏らした。

大クスノキの下で男子二人によって密やかに行われた打ち合わせの内容は、未だにあたしと杉比良さんには伝えられていない。絶対城先輩と杵松さんが熱心に罠を仕掛けている間も一切の説明はなく、あたし達はただ見ていただけだ。二人の様子が楽しそうだったから微笑ましく見守ってしまったが、そろそろネタを明かしてほしいです――と、心の中でそうつぶやいた時だった。

「……あ！」

ハッとあたしの――いや、その場にいた全員の息が止まった。

土間の暗闇の中から、黒くて小さな子どもが一人、広間に這い上がってきたのだ。

手足を伸ばした四つん這いの姿勢で、背丈はおおよそ六十センチ。昨夜、ここで見たのと同じモノだということは、板戸の陰からでもはっきり分かった。来たか、と言いたげに先輩が小さな息を漏らした。ノタバリコ、と杉比良さんの抑えた声。

あたりが薄暗いので全容はよく分からないが、暗闇に慣れた目で見てもそいつはやはり暗かった。と言うか、黒かった。人型に固まった闇のようなそいつは、ざわざわと奇妙な動きでカロリーバーへ這い寄り、その上に覆い被さっていく。昨夜とそっくりで、それでいて現実とは思えない異様な光景を前に、あたしが思わず「あれは――」と問おうとした、その瞬間。

あたし以外の三人が、ほぼ同時に動いた。

板戸を全開にした杉比良さんがカメラのフラッシュを焚き、絶対城先輩がペンライトを灯して突き付け、杵松さんが罠に結んだ糸を引く。

眩い光の中、黒い影が焼き付くように浮かび上がる。同時に、ばたんと伏せたガラス鉢が、ノタバリコの腕の端を抉り取った……って、え。

腕がもげたってこと？　そんな簡単に？

目の前の状況が理解できずにあたしが戸惑う間に、ノタバリコが撥ねた。鉢に封じられた腕の一部をあっさり切り捨て、黒い子どもが土間へと高速で這っていく。這うと言うよりも流れるようなスピードだ。床板の上には噛み砕かれたようにボロボロになったカロリーバーが残るのみ。

「逃がすか！　正体ちゃんと見せなさい！」

杉比良さんがカメラを手にして広間に飛び出す。さすが怪談ライターと言うべきか、怖がる気持ちは微塵もないようだ。先輩と杵松さん、あたしも続いて立ち上がり、慌てて敷居を越えた。

昨日はあれが逃げた後に少し硬直してしまったが、二回目ともなれば覚悟はできている。それに今は明るいし、杵松さんも、絶対城先輩だっている！　床を蹴ったあたしは、杉比良さんを追い越して真っ先に広間の端へ辿り着くと、ノタバリコが逃げた土間を見下ろし――そして、大きく目を見開いた。

「……え。これって……？」

見据えた先にあったのは、またも異様な光景だった。

土間に這い降りたノタバリコの全身が、細かく黒い粒へと分散していたのだ。

隣で先輩が照らしてくれているから土間の様子はよく見えた。ゴマのような小さな粒はそれぞれ高速で動き、土間に穿たれた小さな穴へ、あるいは板戸や板壁の隙間へと消えていく。

ああ、なるほど。こういう仕組みで昨夜も密閉された土間から消えたのか。

ぽかんと納得した直後、あたしは散っていく黒い粒を改めて見回し、首を傾げた。

もしかして……いや、もしかしなくても、これって……。

「蟻……？」

あたしが口にしようとした言葉を、杉比良さんがぼそりと発した。

ですよね、どう見たってそうですよね、これ……！　無言で共感するあたしの隣で、絶対城先輩が静かに首を縦に振る。

「やはりか。群れて子どもの形を模す、蟻の一種。これが神籬村の座敷わらしの――ノタバリコの正体だったんだ。這い回る座敷わらしの伝承範囲は広いから、そのすべてがこれと同じものだと言い切ることはできないが、少なくとも伝承の正体の一つではあるんだろうな」

先輩が語る間にも、ノタバリコだった蟻達は凄まじい速さで穴や隙間へと消えていき、ほどなくして完全に姿を消してしまった。後には固い土間が残るばかりで、数秒前まで人の形をしていたモノがいたとはとても思えない。

「見ての通り、彼らは土間に掘られた蟻の巣や板壁の隙間などから家へと入り込み、そこから姿を消していたんだ。屋内に現れるのは、食料や食い残しを求めてのこと。昨夜ユーレイが見た時は、俺達が持ち込んだ食料を狙っていたのだろう。人間の形を取りながらも、這うように移動していたのは——」

「——立ち上がると自重を支えきれないからだよね、きっと。形だけは人だけど、骨も筋肉もない小さな蟻の群れなんだから。四、五歳児なら立って歩くはずなのに四つん這いって変だなあとは思ってたんだけど、こういうことなら納得だ」

先輩の語りに割り込むように、満足げな声が後ろから届く。それに釣られて振り返ると、杵松さんが笑みを浮かべて立っていた。手には、穴のない板で蓋をしたガラス鉢を持っている。言うまでもなく、ついさっき捕獲したノタバリコの腕の一部である。鉢の中の蟻が逃げられないことを確認するように蓋を軽く叩くと、杵松さんはあたし達の近くへ歩み寄ってきた。

「小さな動物が群れて別の種に成りすますのは、決して珍しいことじゃないんだよ。例えばツチハンミョウの幼虫は、単体では数ミリサイズの芋虫(いもむし)なんだけど、群れになってハチの雌の形を取ることで、雄のハチを誘う習性がある。ご丁寧に本物そっくりのフェロモンまで出してね。で、雄バチが来たらワッと分散してその体にへばりつき、巣まで運ばせて巣に寄生するんだ。こういう例もあるんだから、蟻が人の振りをしたって、そう驚くことはないと言えなくも」

「あるわよ。驚くに決まってるでしょ、こんなの」

「ですね。僕も正直びっくりしました」

口を挟んだ杉比良さんの意見に、杵松さんが即座に前言を撤回した。こんな生態の蟻がいたなんて知りませんでしたしね、と付け足しながら、眼鏡越しの視線がガラス鉢の内側を見つめる。あたしも恐る恐る眺めてみたが、そこにいるのは確かに何十匹かの蟻だった。群れで固まる習性があるのだろう、一塊(ひとかたまり)に繋がって這い回っているのが不気味だが、一匹一匹はありふれた蟻にしか見えない。

「これ、普通の蟻ですよね……？　それとも新種？」

「どこにでもいるクロナガアリに見えるけど、断言はできないかな。せっかく採取できたんだから、大学に持って帰って生物系の研究室で調べてもらうよ」

「子どもの怨霊(おんりょう)かと思いきや全然そんなことはなくて、正体はヒトに擬態する蟻さんか……。忘れないようにメモっとかないと。あ、もしかして、この村が案外野生動物に荒らされてないのって、こいつらが人型でうろうろしてるからじゃない？」

「その可能性は大いにあるな。ほぼすべての野生動物は人間を忌避する。ヒトに擬態することで、こいつらは、自分達のみならずその生息環境すらも、天敵達から守ってきたんだろう」

思い出したように手帳を取り出した杉比良さんに、絶対城先輩が相槌を打つ。先輩はしげしげと鉢の中の蟻を眺めると、「それにしても」と杵松さんに向き直った。

「明人に推理を聞かされた時は、半信半疑だったんだが、まさか本当に蟻だったとはな……。よく気付いたものだ」

「そこはほら、僕はオカルトライターでも妖怪学の専門家でもなくて、元演劇部の理工学部生だからね」

ほんの少しだけ自慢げな笑みとともに、よく分からないことを言う杵松さんである。どういう意味だろうと杉比良さんと顔を見合わせれば、本人も説明不足と思ったのか、穏やかな声が続いた。

「だから、考え方の違いだよ。締め切った空間に黒い人間みたいなモノが出て消えたのなら、怨霊とか伝承とかそういう要素は頭から全部追い出して、その状況を可能にする手段だけを考えてみたんだ。湯ノ山さんが語った通りのシチュエーションを実際に再現するなら、どういう方法がありえるのか、ってね。それで――」

と、流暢（りゅうちょう）に説明していた杵松さんが、ふいに顔を薄く赤らめて言葉を切った。どうしたんだろう、と首を傾げて見据える先で、杵松さんは絶対城先輩へと目を向けた。

「人前で解説するのってやっぱり照れるね。こういうのは阿頼耶の役目なのに」

「勝手に決めるな。蟻に目を付けたのは明人なんだから、明人が話すのが筋だ」

自分の後ろに隠れた友人を先輩が呆れた目で睨み、杵松さんが苦笑を返す。一方、杉比良さんは興奮気味にメモを書き付けていたが、ややあって大きく肩を落とした。

「密室に現れる座敷わらしが蟻だったって、面白い話ではあるんだけど、昨日のキノコ同様、これもやっぱり怪談じゃないわよね……。礼音ちゃんもそう思うでしょ」

「え？　それはまあ……はい。どっちかと言うと科学のジャンルですもんね」

「だよねー……。読者も信じてくれないだろうし、そもそも事実をありのままに書いたところで、編プロは絶対突っ返してくるだろうし……よし決めた。写真だけは使うとして、全ては戦災孤児の怨念ってことにして適当に書こう」

　事実の改竄と記事の捏造を力強く公言しながら、きっぱりうなずく杉比良さんである。その姿勢に疑問を呈すのも飽きたのだろう、絶対城先輩は「またか」と言いたげに大きく溜息を落とし、あたしは杵松さんと顔を見合わせた。

「とりあえずお疲れ様でした。これで今夜はゆっくり寝られます」

「だね」

　蟻の入った鉢を大事そうに抱えたまま、杵松さんがうなずく。かくして、神籬村の座敷わらし騒動は、意外な真相の発覚とともに幕を下ろしたのでありました。

＊＊＊

「――ええ、そうです。木は確かに処置されていました」

　そして、神籬村から帰った翌日の夕方のこと。大学生協での短期バイトを終えたあたしが四十四番資料室に立ち寄ると、絶対城先輩の話し声が聞こえてきた。

　誰か依頼人でも来ているのかなとも思ったが、耳に届くのは先輩の声だけだし、応接セットには先輩の姿は見えない。どうやら本棚の陰の畳敷きスペースで誰かに電話しているようだ。だったら入ってもいいよね。明日から帰省するから、当分会えなくなるわけだし。そう自問自答すると、あたしは電話の邪魔にならないよう、忍び足で資料室の奥へと進んだ。

「それに、JとUが記された木槌も置いてありました。紫さんの仰るその方が樹木医なのであれば、ほぼ間違いないでしょう。イニシャルも一致します」

普段より幾分礼儀正しい口調のバリトンボイス。どうやら先輩の電話の相手は櫻城紫さんらしい。神籬村の噂を教えてくれた人に調査結果の報告中といったところか。しかし「その方」って誰だろう？

とかなんとか考えつつ、畳敷きの生活空間を覗き込む。「お邪魔していいですか？」と口の形と視線で問えば、受話器を手に立っていた先輩はこくりと首を縦に振ってくれた。黒い羽織の袖から伸びるもう片手に握っているのは、杵松さんがあの屋敷の土間で見つけた木槌だ。持って帰ってきていたらしい。使い込んだそれをちらりと眺めると、先輩は電話の向こうの紫さんへの報告を続けた。

「我々が神籬村で泊まった無人の屋敷には、最近補修した跡がありましたし、村の中心にそびえるクスノキは治療されていました。その樹木医が神籬村の名を口にされていて、大クスノキのある廃村に行くとも言っていたのであれば、ほぼ間違いないでしょう。……え？　ええ、そうです。今の神籬村は確かに無人で――木製の指輪？　いえ、指輪をした遺体も何も、誰かが亡くなった痕跡すらありませんでした。それは俺が保証します。数十年前の死体ならいざ知らず、近年の孤独死であれば何かが必ず残りますが、何もなかった。あの村は野生動物に荒らされてもいませんでしたから、どこかへ出て行かれたのではないかと――」

神妙な空気を漂わせながら、先輩が受話器に語り続ける。話を聞くに、神籬村のあの屋敷を補修したのと、大クスノキを治したのは同一人物で、しかも紫さんの知人ということなのだろうか……？

自分と先輩の分のコーヒーを淹れながら、あたしはちらりと先輩を見る。紫さんの話が長いのだろう、黒衣の妖怪学徒はしばらく何も言わずに聞いていたが、ややあって、きっぱりとした声を発した。

「謝っていただくことではありません。紫さんの気持ちも分かりますが、神籬村に行ったのは、あくまで俺の意思です。あの村で得られたものも確かにありますし――ええ、はい。そうです。……では、また」

そう言って電話を切ると、先輩は肩をすくめて重たい息を吐き、文机の前の座椅子に腰を下ろした。紫さんは親しい相手のはずなのに、疲れているのが気に掛かる。コーヒーを注いだカップを差し出しながら、あたしは「今の電話って」と尋ねてみた。

「紫さんだったんですよね？」

「ああ。聞いていれば分かったろうが、あの屋敷を改修して住み込み、大クスノキを治療したのは、紫さんの古い知人なんだそうだ」

いただく、との意味なのだろう、小さく頭を下げてカップを受け取りながら先輩が言う。コーヒーの香りを味わった先輩は、ほんの一瞬だけ眉間に皺を寄せると――杵松さんに敵わないのは自覚していますので許してください――慌てていつもの仏頂面に戻り、平然と続けた。

「樹木医兼植物学者の青年だったそうだが、五年間連絡を取っていない相手とかでな。消息を確かめに行かせるような真似をしてしまったと、えらく謝られた。ノタバリコの件も伝えたら、怖がらせてしまって申し訳ない、とも言っていたな。好きで行ったんだから、謝罪の必要はないと伝えたんだが、あの人も頑固だからな……」

「紫さん、おっとりした見た目の割に芯の強い人ですもんね。じゃあ、この木槌はその樹木医さんの……？」

「らしいぞ。形やイニシャルを伝えたら正しくそれだと」

「でも、樹木医って木が専門の医者でしょう。木槌なんか使うんですか？」

「木槌は樹木医に欠かせない道具なんだそうだ。幹を叩いた時の反響音や感触で、木の内部の様子を探るんだと教えてもらった」

「へえ……」

　先輩が畳に置いた古びた木槌を、あたしはしみじみと見つめた。木を叩くだけで中の状態を知るなんて、いかにもプロっぽい。ひとしきり感心した後、あたしは改めて先輩に向き直り、両手で自分用のカップを持ったまま口を開いた。

「で、その樹木医って、その——どういう人なんです……？」

　さっきの電話の深刻なムードと、そして、神籬村の噂を教えてくれた知人に言及した時に紫さんが見せた表情とを思い起こしながら問いかける。はぐらかされる可能性もあったが、先輩は小さく肩をすくめ、「聞いたばかりの話の受け売りだがな」と前置きして話し始めた。

「名は空木（うつぎ）淳郎（じゅんろう）。紫さんより十歳ほど上の男で、環境保全活動に関わる中で、七年前に知り合ったんだそうだ。自然を——中でも樹木を、心から敬愛していた、優秀で熱心な樹木医だった、と」

「……『だった』？　今は違うってことですか？」

「分からない、と言っていた。五年前に完全に道を分かったとかでな」

　それを語って聞かせた時の紫さんの口調を思い出したのだろう、先輩の横顔に沈鬱な色が差す。嫌な空気を吹き飛ばすようにブラックコーヒーを一口ぐいっと飲むと、先輩は淡々と空木氏について語ってくれた。

曰(いわ)く、空木淳郎さんは、紫さんが河川の美化活動に取り組み始めた頃に知り合った樹木医だったらしい。紫さんの河川美化に対して空木さんは森林保護と、ジャンルは微妙に違うのだが、自然との付き合い方についてしっかりとした考え方を持ち、調査研究のノウハウや実績も有した空木さんに、紫さんは惹かれたのだという。

しかし、出会った頃は穏やかだった空木さんだが、その性格は次第に変わっていったのだそうだ。きっかけは、ある山の原生林に不法投棄された有害廃棄物。その実態の調査に単身で出向いた空木さんは、原生林に撒き散らされた廃棄物に毒されて体を壊してしまい、それからと言うもの、現代の日本社会を――ひいては近代文明そのものまでを敵視するようになったらしい。本気かどうかは分からないが、テロに近いことまで口にするようになったとか。

紫さんを始めとした友人達は治療と静養を進めたが、空木さんは「今までのような生温いやり方では木々や森林を守れない」と繰り返すばかりで、議論はひたすら平行線。結局、彼は仲間にさえも業を煮やして決別を宣言、誰もいない場所で木を治しながら生きると言い残し、消息を絶った――とのことだった。

「あのクスノキを治したの、そんな人だったんですか……。でも、村にはいませんでしたよね？　その空木さん、今どこで何をしてるんでしょう」

「俺が知るわけないだろう。紫さんが言うには、劣化しないようにコーティングした木製の指輪を右手に付けているとのことだったが、それだけで見つけ出せるわけもない。無論、警察や探偵でも使って真剣に探せば、見つかる可能性はあるものの……」

「紫さんは、そこまでして会いたがってるわけでもない……？」

「少なくとも俺にはそう感じられたな。気になるのは確かなんだろうが」

　そこで一旦言葉を区切ると、先輩は小さく肩をすくめて首を振った。紫さんを慮（おもんぱか）っているのだろう、前髪の下の目が軽く閉じ、すぐ開く。

「空木と最後に言葉を交わした時、彼は神籬村の名前を口にしていたんだそうだ。そのことは紫さんも忘れかけていたんだが、最近、河童の調査の関係で、たまたま神籬村の座敷わらしの噂を知ってだな」

「ああ、大体分かりました。その噂の廃村って、空木さんが一人で引っ越していった場所じゃないのか、と思っちゃったわけですね。で、そうなると、空木さんが今どうしてるんだか気になってきて」

「そういうことだ。だが自分で確かめに行くのは怖かったんだ——と、紫さんは言っていた。空木に会ったところで、何を話せばいいのか分からない、とも」

「それは……そうでしょうねえ」

しみじみと同情しつつ、あたしはコーヒーを飲んだ。

そういうことであれば、紫さんの思惑はよく分かる。空木さんがどうしているか確認したいのは山々だが、そもそも神籬村に空木さんが移り住んだ確証はないわけだ。それに、今も村に空木さんがいたとしたら――まあ、いなかったんだけど――喧嘩別れした知人より、全く面識のない人間が出くわす方がお互いこじれることはない。

そんなところまで調べに行ってくれる奇特な知り合いなんかそうそういるはずもないが、その点、絶対城先輩は、妖怪の噂があれば出向いてみる変人だ。座敷わらしの噂は確かにあるわけだから、妖怪学的な調査に行ってもらって、その後に村の様子を聞けば話は早いと、紫さんはそう考えたのだろう。

というわけで納得できたのだが、気に掛かることが一つ残っている。あたしは自分のカップをぎゅっと摑み、先輩との距離を詰めて口を開いた。

「先輩。その空木さんって、紫さんの……彼氏……だったんですか？」

「そう言っていたな」

質問は予測済みだったのだろう。先輩はあっさりと答えると、この先は知らないぞと言いたげにあたしを一瞥し、積んであった本の一冊を取って読み始める。その端整な横顔を眺めたまま、やっぱりそうかと心の中で漏らせば、先日、この部屋で紫さんが口にした言葉が、自然と脳裏に蘇った。

――かつて思いを同じくした相手は、普段は意識していなくても、心の中では大事な位置に居続けているもの。いわば、自分の在り方を規定している存在なのですから、そんな人の選択が気になるのは必然ですよ。

――たとえその人と道を違えても、自分の在り方が変わるわけでもありませんが。

紫さんは確かにそう言っていた。一般論かとも思ったが、今の話を聞けば分かる。あれはきっと、かつての恋人、空木さんを思って語ったものだったのだろう。

だとすれば、紫さんにとっての空木さんは、忘れようにも忘れられない――紫さん本人の言葉を借りれば「自分の在り方を規定」してくれた――大事な人だったに違いない。

事情は違えど、絶対城先輩にとっての晃さんのように。

そんな人が少しずつ変わってしまい、結局は道を違えざるを得なかったというのは……それは、さぞ辛かったろうな。

紫さんの心中を察したあたしの肩がしんみりと落ちる。先輩はそんなあたしを一瞥すると、小さく肩をすくめ、あまり気に病むな、とつぶやいてくれたのだった。

# 三章　釣瓶下し

近畿、東海地方に伝わる。夕方や夜間に大木の近くを通ると、木の上から釣瓶（井戸の水を汲み上げる道具）のように落ちてくる妖怪。釣瓶そのものが落ちてくる、人の生首が落ちてくる、通行人を樹上に引っ張り上げて食べてしまう、丸い炎が上下するだけで害はない等、伝承地域や媒体によって形態の差が大きい。釣瓶落としとも言う。

神籬村の座敷わらしの正体が発覚し、湯ノ山礼音さんが実家の温泉街へと帰省した日の、その翌々日の夕方。いつものように文学部の四号館を訪れた僕、杵松明人は、建物から出てきたばかりの黒衣の青年に出くわした。

白のワイシャツに黒い羽織を重ね、端整な顔は目元まで長い前髪で隠れてしまっている。こんな姿の人間は僕の知る限り一人しかいない。普段通りの服装ということは、どこかや誰かを訪問するわけではなさそうだ。そう判断した僕は「やあ阿頼耶」と軽く手を振り、足を止めた友人へと語りかけた。

「お出かけかい？」

「午後にちょっとした相談があってな、その調査だ」

「へえ、商売繁盛だね。いいことだ」

「大して面白そうな事件でもないがな。そっちは何の用だ？」

「今日の日課が終わったから、例によって資料室で休憩してから帰ろうと思ったんだけどね。阿頼耶が出かけるなら同行したいな。いいかい？」

「休みに来たのに付いてくるのか？　おかしな奴だな」

僕の問いかけに答える代わりに、阿頼耶は肩をすくめてみせる。少しだけ背の高い友人を見返すと、僕は、君には言われたくないよ、と笑った。

三月下旬ともなれば、日の入りの時間もだいぶ遅くなっている。夕日の照らす構内は、この時間でもまだ明るく、そして意外に温かかった。

阿頼耶はどこに行くとも言っていなかったが、怪奇事件の調査ということは忍び込んだりする可能性もあるので、目立つ白衣は資料室に置いてきた。グレーの長袖Tシャツに黒のジーンズという出で立ちでぶらぶらと歩いていると、少し先を進んでいた阿頼耶がふと怪訝そうに僕を見た。

「寒くないのか？」

「お気遣いなく。そっちこそ暑くないのかい」

「羽織の通気性はお前の思っているより高い」

中身のあるようなないような会話を交わしつつ、学内通路をのんびり進む。春休みのキャンパスはさすがに人気は少ないが、それでも無人というわけではなく、時折学生とすれ違った。入学して三年目ともなれば、大学という場所は講義があろうがなかろうが、三百六十五日二十四時間、無人にならないということを実感として知っているので、別段驚くことはない。阿頼耶みたいな例外中の例外もいるわけだし。

などと考えている間に、僕らは大学生協の角を曲がり、構内のメイン通路に差し掛かった。正門を臨む広い通りの左右には、気の早いサークルが立てた新入部員勧誘の看板が既に幾つか並んでおり、学生委員が設置している掲示板が半ば隠れてしまっていた。掲示板はよく見えないが、合法でもドラッグは危険だとか、迂闊に手を出すなとか、そんな文言のポスターが貼られているようだ。

そう言えば、学内でドラッグが流行り始めてるって話を聞いたっけ。

先日、学食でたまたま一緒になった織口先生がぼやいていた噂を思い出す。成分的には完全に合法で副作用も中毒性もなしという触れ込みの新種で、あちこちでじわじわ広がってたのが、ようやく我が東勢大学にもやってきたのだとか。

あまり興味もないし時間もなかったので詳しくは聞かなかったが、成分が合法だというなら、堂々と売れば良さそうなものだけど。そんなことを思いつつ、僕は阿頼耶に話しかけた。

「流行りかけてるらしいね、ドラッグ」

「ああ。SNSにじわじわ噂が流れているな。しかし、急にどうしたんだ」

「あそこにポスターがあったからさ」

きょとんとこちらを見た阿頼耶に、掲示板を指差して示す。と、阿頼耶は今さらのように掲示板や看板に目を向け、ふいに「そう言えばもう四月か」とつぶやいた。

　この妖怪学徒、ドラッグ啓発のポスターより「来たれ新入生」の文字に目を引かれ、そこから年度が変わることに思い至ったらしい。これで学生なんだからよく分からない。苦笑を漏らすと、僕は阿頼耶の隣に並んで問いかけた。

「今さらだけどさ、阿頼耶の学年とか学部ってどうなってるんだい？　結構長い付き合いなのに、講義に出るどころか履修届書いてるところすら見たことないよ。今年も学生なんだよね？」

「今まで通りだ。それを言うなら、明人、お前こそどうなんだ」

　前を見据えて歩きながら、阿頼耶が抑えた声を発する。どうって何がさ。小さく首を傾げれば、所属不明の友人は、僕を見返すことなく続けた。心なしか、バリトンの効いた声の調子はやや穏やかで、いつもより遠慮している感がある。

「来年はもう四年だろう、お前。就職活動なり何なり、やることが――」

「あれ、言ってなかった？　僕、研究職目指してるから、就活は関係ないよ。この大学で院に進学するつもりだから」

　肩を並べて説明すれば、それを聞くなり阿頼耶は意外そうに目を瞬いた。長い前髪の下の双眸がまっすぐ僕を見据え、呆れたような――そして、どことなく安堵したような声が耳へと届く。

「うん。今の研究成果があれば院には充分行けるって言われてるしね。幾つかの研究室から誘ってもらってるから、どこを選ぶかは決まってないけど……でも、しばらくこの大学にいるのは確かだよ」

「お前も物好きだな」

今後ともよろしくという気持ちを込めて笑いかけたのだが、阿頼耶は冷たい言葉を返し、歩調を速めてしまった。

安心したかい？　そう尋ねてみようかとも思ったが、親しい相手との付き合いが続くと知ったら安心するのは当然だ。

で、阿頼耶がそう思ってくれているのは聞くまでもなく分かっているし、阿頼耶がそういうことを口に出したがらない人間であると僕はよく知っており、友人を試して喜ぶような真似はあまり褒められた行為ではない。少なくとも湯ノ山さんが——あの強く正しい後輩がここにいれば、やめなさいと言うはずだ。

だったら、この話題はもういいか。だよね。僕は自問自答とともに軽くうなずき、黒い背中に声を掛けた。

「で、今回はどういう事件？　どこに何が出たんだい？」

「遅いぞ。まず最初にそれを聞け」

呆れかえった冷たい声が、数歩先から飛んでくる。ごめんごめんと弁解しながら隣に並ぶと、阿頼耶は溜息を一つ落として口を開いた。

「相談してきたのは文学部の三年生の女子だ。ここ最近、校舎の修繕の関係で、研究室の代わりに普段は使っていないゼミ室に遅くまで残っていると言っていた。曰く、その部屋の窓から見える廃工場の敷地に立つ巨木の下で、上下に動く赤い光を何度か見た。夜中に話し声を聞いたこともある。倒産した工場らしいので、持ち主の霊か怨念が火の玉的なモノになって、化けて出てるんじゃないのか、とのことだった」

「へえ。人魂（ひとだま）か」

「人魂と言うより『釣瓶下（つるべおろ）し』だな。大木の上から下りてくる——あるいは下ろす妖怪で、東海や近畿を中心に、ほぼ全国的に伝承されている。明人は知っているだろうが、釣瓶は滑車を用いた井戸の水を汲む装置の名前。上下運動する様子が似ているところからこの名前が付いた。スーッと落ちるため釣瓶落としとも呼ばれるな」

僕の相槌を受け、阿頼耶がすかさず補足した。意識しているのかどうなのか、彼は妖怪の話題になると若干口調が速くなる。相変わらずだな、と感心しながら、僕は続けて問いかけた。

「その釣瓶下しって、依頼人さんが見たように、赤い光が下りてくるって妖怪なのかい？」

「色々だな。赤く輝く火の玉というパターンが祖型らしいんだが、生首や真っ赤に焼けた鍋が落ちてくる場合もあるし、樹上に人を引っ張り上げる怪異なんだと伝えている地域もある。無音の怪異としている伝承もあれば、『夜なべすんだか、釣瓶下ろそか、ぎいぎい』と歌うのだという記録もある」

「随分バリエーション広いんだね……。火の玉が落ちてくるのと生首が落ちてくるのって全然違うと思うんだけど、同じ妖怪なの？」

「『釣瓶下し』という名前で括ったらそのあたりが含まれるという話だ。妖怪の分類やカテゴライズは結局のところ主観に依るから、絶対的な区別は付けづらい。これが名前以外の特徴……そうだな、例えば『木の上から下がってくる』という動きで括れば、樹上に引き上げるタイプの釣瓶下しは含まれなくなるが、代わりにイジコや袋下げ、ヤカンヅルあたりが同種とされるわけだ」

「ああ、基準次第で仲間かそうじゃないかが変わってくるわけだね。ちなみにそのイジコとかは」

「イジコは赤ん坊を入れる籠の名前で、この籠が真っ赤に燃えながら落ちてくるという妖怪だ。袋下げは白い袋が、ヤカンヅルは薬缶が木の上から下がってくる」

僕の質問を先読みし、阿頼耶が流暢に言葉を並べる。なるほど、木の上から吊り下がってくるタイプの妖怪は色々いて、今回はその中の一つ、赤い発光体が下りるパターンが出たというわけか。開け放たれた大学の正門を抜ける阿頼耶の隣で、僕はよく分かりましたとうなずき、思い出したことを付け足した。

「って、それは『釣瓶火』って妖怪とはまた違うのかい？　ほら、阿頼耶が一昨年に僕に見せてくれた本に載ってた妖怪」

四十四番資料室の蔵書の一冊である江戸時代の妖怪図鑑――確か、鳥山石燕の『画図百鬼夜行』――で見た絵を回想しつつ問いかける。石燕の初期画集は字が少なくて初心者向けだとかで、阿頼耶が僕に崩し字の読み方を教える時にテキストに選んだ本だったので、よく覚えているのだ。

「あの釣瓶火は、人の顔みたいな模様の火の玉型の妖怪だったよね？」

「お前、よく覚えているな。大した記憶力だ」

「阿頼耶ほどじゃないよ。名前も似てるけど、あれは釣瓶下しとは別なのかな」

「九割九分同じだろうな。釣瓶火という名の妖怪が語られていた可能性もなくはないが、おそらく鳥山石燕が釣瓶下しの話を絵にする際、別の名前を与えたんだ。その方が分かりやすいと考えたんだろう」

「で、その結果、釣瓶火という別の妖怪が生まれちゃったと」

「ああ。同じ伝承が絵師の作為によって別種の妖怪に分かれたという意味では、輪(わ)入道(にゅうどう)と片輪車(かたわぐるま)と同じパターンだな。作家による容姿の付与と名づけは、怪異の印象を強めて忘失を防ぐ反面、当初の伝承とは異なる形態を生むこともあるという好例だ。こういうことをするから、石燕は素直に評価しづらいんだが……ともかく、釣瓶下しはバリエーションの多い妖怪で、火の玉型がそのオリジナルらしいということは確かなんだ。そして――」

「――赤い光の釣瓶下しが目撃されるケースは極めて珍しく、今回の調査によって、もしかして妖怪釣瓶下しの正体が判明するかもしれないから、俺はわくわくしてしまっているんだ」

　さっき質問を先読みされたお返しに、今度は僕が阿頼耶の言葉に声を被せた。オーバーなジェスチャーを付け、歌い上げるように語った上で「こんなところかい」と問いかけてやる。それを見た阿頼耶は冷たい視線を僕へと向け、大きく肩をすくめてみせたのだった。

「まったくおかしな奴だな」

「だからさ、それは阿頼耶にだけは言われたくない」

＊＊＊

現場である廃工場の鉄の門扉は、大人一人が楽々通れる隙間を開けたまま錆(さ)びついていた。

立入禁止のプレートをぶら下げていたらしいチェーンはとっくに切れて落下し、落ち葉やゴミに紛れている。敷地を囲む金網はところどころが破れており、周りは空き家ばかりで誰何(すいか)されることもない。

閉鎖された廃工場と聞いていたから忍び込むのは一苦労かと想定していたが、実際はその逆だった。工場の名前も読めないほど赤錆にまみれた門扉を前に拍子抜けしていると、それは僕を連れてきた友人も同感だったようで、ぽつりと感慨を口にした。

「えらく簡単に入れるんだな」

「だよね。近所の人に怪しまれるんじゃないかって思ってたけど、誰もいないし」

工場に隣接する一戸建てに目をやりながら相槌を打つ。しばらく前から空き家なのだろう、薄汚れた玄関先には色褪せた「貸家」の看板が外れかかって揺れていた。その隣の家も、どうやら無人の様子だ。

「潜入が楽なのはいいけど、これはこれで寂しいね」

「今の日本はそこら中空き家だらけだぞ。人が減っているんだから、家が余るのは当然だ。不満があるなら人口の増えている国へ行くことだな」

聞き慣れたドライな口調とともに、阿頼耶が門扉をくぐる。そこまでする気はないよ、と苦笑しながら、僕は黒い背中を追って工場の敷地内に足を踏み入れた。

無人の廃工場の四角いシルエットが、夕日の中に浮かんでいる。割れた窓や開きっぱなしのシャッターから西日が差し込んでいるおかげで、建物の中の様子はよく見えたし、侵入するのも簡単そうだ。

機材や設備は全て撤去されており、壁と歪んだシャッターに囲まれた空間は虚しいほどに殺風景だ。閉鎖されて以来ずっと放置されているのだろう、工場内には枯葉やゴミが溜まっていたが、鉄骨造りの建物自体はまだしっかりしているようだった。

「で、その釣瓶下しだか釣瓶火だかが出るって木はどこなんだい？」

「俺に聞くな。こっちも初めて来たんだぞ。大学から見えるわけだから、工場を越えた向こうにあるはずなんだが……」

「中を通っていけば早そうだね。正面のドアが外れてるから、そこから行こう」

「だな。ああ、そこ、足下に気を付けろよ。割れたガラスが落ちている」

「ありがとう。阿頼耶って、無愛想に見えて親しい相手には優しいよね」

「……ユーレイと同じことを言うんだな、お前は」

「あ、湯ノ山さんも言ったんだ」

言葉を交わしながら廃工場の中を歩く。あたり一帯無人とは言え、立入禁止の空間に無断で立ち入っているのだから、僕らの声は自然と小さくなった。ゴミを除けながら工場を突っ切り、奥にあるドアを抜けて外に出れば、古びた祠と、それに立派な大木とが、赤い夕陽に照らされていた。

なるほど、問題の木はこれか。ついでに言えば、工場内外に溜まっている葉の落とし主もこの木のようだ。

「場所はここで間違いなさそうだね。向こうに文学部の校舎も見えるし。この木は」

「エノキだな。落葉する高木で樹冠のシルエットは半円形、灰褐色の樹皮には小さな斑点があり、葉が楕円(だえん)形で先が尖っているのが特徴だ。樹齢は二、三百年といったところか」

またも質問を聞き終えるより先に、隣に並んだ阿頼耶が応じる。相変わらず何にでも詳しい人だ。感心しつつ呆れつつ、僕は改めて大樹に目を向けた。

阿頼耶の言う通り、枝は半円形に大きく広がっている。幹の直径は一メートル弱で、高さは十五メートルほど。目線の高さの位置には二十センチ弱の洞が口を開けている。神籬村で見た巨大なクスノキとは比べ物にはならないが、街中の小さな工場の敷地の木としてはかなり大きな方だろう。

それに、その陰に佇む祠だって、工場の規模の割には大きい気がした。土台は石積みで、一・五メートル幅の石段があり、祠のサイズは大型冷蔵庫並。傍らに転がるマンホールの蓋がありがたみを薄れさせているが、それを差し引いても立派だ。

「工場とか会社に小さな神社を作るのはたまに見るけど、これは大きいね。土台もしっかりしてるし」

「おそらく祠と木の方が古いんだ。祠がまず存在し、その後に工場ができたんだろう。ふむ、大学から見えたと言うことは、怪光が出たのはこのあたりか……」

僕の言葉に応じつつ、阿頼耶が周囲を見回しはじめる。阿頼耶が大学から見下ろすラインを当たるなら、こっちはその逆、社とエノキの周りを見てみるが。僕は、ちょっと調べさせてください、と一礼し、大人が一人、頑張れば二人は入れそうなサイズの木造建築へ歩み寄りながら会話を続けた。

「先に祠と木があったって、どうして分かるんだい？」

「企業内に設けられる社は、鳥居とセットの稲荷社（いなりしゃ）というのが基本だ。稲荷は商売の神だからな。だが、そいつはどうやら道祖神。また、エノキは江戸時代に街道の目印として立てられた木で、このあたりは旧の街道筋だ。よって、往時はここに道が通っていて、その傍にまずエノキが植えられ、次いで社が設けられたと考えられる」

「ああ、そういうことか。後になって道筋が変わって工場が作られたけど、昔から信仰されてた木とお社は撤去できずに残したわけだ。……事情は分かったけど、阿頼耶的にこういうのどうなの？」

「こういうのとはどういうのだ」

「かつては信仰されていたものが、放置されたまま忘れられてるっていう現状についてさ。故（ふる）きを温（たず）ねて新しきを知る妖怪学徒としては思うところがあるのかな、と」

「どうもこうもない。役目を終えたモノが忘れ去られるのは世の定めだ。忘れられたモノが悪用されていれば、それは忍びないとは思うがな」

「なるほどね。明快な答だ」

納得しながら祠の周りを探る。観音開きの木戸は蝶番（ちょうつがい）が緩んでおり、ちょっと引くだけで開きそうだ。最近開け閉めされたらしい跡もあるが、地元の人が管理でもしているのだろうか。って、周りは空き家で、仮にも立入禁止の敷地内なのに……？

僕は浮かんだ疑問を心の中にメモすると、大学とエノキを見比べている阿頼耶に再び話しかけた。本来こういう調査は静かにやるべきものだけど、周りは無人だし、少しくらいの会話はいいだろう。

「大きい木って迫力あるよね。昔の人が信仰したのも分かるよ」

「昔の人？　馬鹿を言え。樹木信仰は比較的新しい文化だぞ」

「あれ。そうなの？」

「少なくとも日本ではな。古代日本における巨木はあくまで実用的な建材で、宗教性は薄かった。例えば奈良の法隆寺は、樹齢千年から二千年の檜をふんだんに使って建てられているが、あんな工法、巨木や古木への敬意があったらまず無理だ」

「言われてみれば一理あるね」

「奈良時代は巨木の伐採が盛んな時代だったからな。その頃に伐り過ぎたせいで、樹齢千年以上の大木が日本にはめっきり少なくなってしまい、明治神宮建立の際にはやむなく台湾から巨木を持ってきたくらいだ。かくしてこの国の大樹は希少となり、そして数が少ないものが珍重されるのは世の常だ。後は分かるな」

「つまり、立派な木が神様扱いされるようになったのは、単にレアになったからってこと？　それも何だか夢のない話だなあ」

「まあ、そこら中にあるものをありがたがるのは難しいから――見つけたぞ」

雑談をふいに打ち切り、阿頼耶が声をあげた。祠から声の方向へと顔を上げれば、黒衣の友人は歪んだシャッターの前にいた。こちらを向いて肩をすくめる阿頼耶に、僕は歩み寄って問いかける。

「見つけたって、釣瓶下しの正体をかい？」

「ああ。こいつだ」

心底つまらなそうな声と共に、阿頼耶が手にした何かを放る。反射的に両手で受け止めたそれは、半球型の本体にマッチ箱サイズの小箱が繋がった形の機械だった。平たく言えば、カバーの割れた回転灯だ。

回転灯の直径は十五センチで、色は赤。中の仕切りがくるくる回って光を周囲に投げかける仕組みは、非常ベルなどでお馴染みだ。半球の底面からはちぎれかかったコードが何本か伸びており、その一本は電池マークの付いた小箱と接続されている。

「電源とバッテリーを併用できる回転灯か。どこにあったんだい？」

「外壁の割れ目に引っ掛かって揺れていた。本来はシャッターの上あたりに設置してあったのが、留め具が劣化して落ちたんだろうな」

「ふうん。あ、これ、まだバッテリーは生きてるね」

目の前に立った阿頼耶に相槌を打ちつつ、回転灯から小箱に繋がるコードを軽く引いて接触させてみる。と、バッテリーが辛うじて残っているようで、カバーの中の薄汚れた電球は弱々しい赤い光を放った。同時に仕切りがゆっくりと回り、赤くか細い光をあたりに投げかけ始める。

秒針ほどの速さで回転する赤い光は、薄暗くなりつつある廃工場の敷地を、そして祠やエノキを嘗めるように動いていく。木の根本から幹、幹から樹幹へと動く小さな光は、木の下で光点が縦方向に移動しているように見えなくもなかった。バッテリーがギリギリなのかあるいは故障しているのか、光はすぐに途切れてしまったが、確認はもう充分だった。阿頼耶が消沈するわけだ。

「……つまり、放置されていたバッテリー式の回転灯が、たまたま接触の具合で作動し、その光がちょうど木の下の部分を照らしていただけだった？」

「らしいな。今まで気付かれなかったのは、単に目撃者がいなかっただけか、あるいは最近になって誰かがこの回転灯に触ったせいか……。まあ、そのあたりはどうでもいいがな。例によってくだらんオチだ」

「まあまあ。で、依頼人さんにはどう説明する？　偽装用の仕掛け作れって言うなら作るよ。これ直してもいいけど」

「そこまで手間を掛ける事件でもないし、正直に説明しても面白くない。釣瓶下しは灰を撒けば消える妖怪だから、灰で鎮めたことにしておこう」

そう言って華奢(きゃしゃ)な肩を再度すくめると、阿頼耶は祠に近づき、石造りの土台に腰を下ろした。羽織の中から煙草とライターを取り出し、一本くわえて火を点ける。どうやら一休みしてから帰るつもりらしい。

薄暗がりの中、ぽっと小さい炎が灯る。すぐそこにある文学部の研究室棟の照明が点いていれば、ここも少しは明るかろうが、あいにく校舎の窓は真っ暗だ。熱と光に吸い寄せられるように、僕は友人の傍、一段低い段に座った。

「残念だったね。釣瓶下しの生まれた原因、分かるかもって思ってたんだろ？」

「少しは期待していたのは確かだな。……もっとも、釣瓶下しが想起された仕組み自体は、一応分かってはいる。陰陽五行(おんみょうごぎょう)説を知っているか？」

「陰陽五行……？　確か、世界の全ては五つの属性の相互作用で作られているって考え方だよね。木、火、土、金、水の五属性だっけ」

「それだ。平安時代に定着した世界観だな。で、この五行説では、木生火、つまり木は火を生むとされている。実際に樹木が火炎を放つはずもないんだが、理論から現象が生まれることもある。こういう理屈があるのだから、それに従った現象だって起こるのだ、という具合にな」

「本末転倒な話だなあ。でも、それで分かったよ。陰陽道の理論に基づいた『木から落ちてくる炎』って現象が、陰陽道の学者の間で想定されて——」

「そう。おそらく、その話が伝聞される過程で、木生火の理論の部分が抜け落ち、釣瓶下しの伝承を生んだんだ。炎以外のモノが落ちてくるパターンは、原型の『樹上から下がってくる』という要素だけが広がった結果、炎の部分に木から落ちてきそうなモノを……と言うより、もし落ちてきたら怪しいモノを当てはめることで生まれたと考えられる。想像しやすい怪異だから、拡散も早かったんだろう」

「夜の大樹は怪しいもんね……。何か落ちてきそうだな、落ちてきたら嫌だなって考えちゃうのはよく分かるよ」

手にしていた回転灯を地面に置き、祠を覆うように枝を広げたエノキを見上げる。と、一段上に座った友人の吐き出した細い煙が、すうっと鼻先を流れていった。湯ノ山さんは煙草の匂いは苦手だそうだけど、僕はそんなに嫌いじゃない。と、僕の気持ちを察したのか、阿頼耶は羽織の中から紙製のケースを取り出した。

「欲しければ明人もどうだ」

「じゃあ貰おうかな。せっかくだし」

いただきますと小さく頭を下げ、友人の持つ小箱に手を伸ばす。白い円筒を一本抜き取れば、阿頼耶は意外そうにきょとんと目を瞬いた。って、何を驚いてるのさ。

「吸うのは知ってるだろ？　僕に煙草教えたの、阿頼耶なんだから」

「それはそうだが、最近ずっと吸っていなかったからな。やめたと思っていた」

「ヘビースモーカーってわけじゃないからね。無くても困らないし、それにほら、湯ノ山さんが煙草あんまり好きじゃないだろ？　だけど、今日はちょっとそんな気分になったから……ライターも借りていい？」

「出すのが面倒だ。この火を使え」

そう言うなり、阿頼耶はくわえていた煙草をそっとこちらへ差し出した。了解。僕は笑みを返すと、赤く燃える先端に、受け取った煙草の先を押し付けた。程なくして火が移り、薄い煙が立ち上る。上昇していく二筋の煙を、僕らは何とはなしに目で追い、視線を上げた。

いつしか夕陽は沈みきり、とっぷりとした暗闇が廃工場の敷地を徐々に満たし始めていた。薄暗がりの中にそびえるエノキは、釣瓶下しの正体が判明した今となっても、やはり威圧感にも似た迫力を感じさせている。僕は煙草を一口吸うと――何だか懐かしい味だ――大樹を見上げ、煙を吐いた。

「さっきの話じゃないけど、やっぱり大きな木って何だか怖いよね。何考えてるか分かんない凄みがあるって言うか……」

「樹木は、人間を含む動物とは全く異質な生命だからな。動物の寿命はせいぜい百年なのに対し、樹木は二、三百年は平気で生きるし、数十メートルまで成長する個体もザラだ。生き物としてのスケールがまるで違うんだから、威圧されるのも当然だ」

「僕が言ってるのは印象の話で、生態の比較じゃないんだけど」

「その印象は生態の違いに起因するのだから、そうズレた話もしていまい。樹木を含んだ植物全般が動物とは異質であるのは間違いないだろう？」

「そこは否定しないよ」

じろりとこちらを睨む阿頼耶に、苦笑を浮かべて同意を示す。どうでもいい会話をのんびり交わす、こういう時間は考えてみれば久しぶりだ。湯ノ山さんが資料室に通い始める前は、いつもこんな感じだったな、そう言えば。一年以上前の日常を思い返しつつ、僕は続けた。

「確かに植物は動物と全然違うもんね。同じ器官が無数にあって、繁殖能力は生きている限り永遠に衰えることはない。この辺、動物よりハイレベルだよね」

「ああ。脳も神経系もないのに記憶力を持ち、さらには五感に近い感覚まで有している。動物より古いだけのことはあるな」

「残念。植物が光や匂い、それに重力を感じるのは確かだけど、聴覚はないよ」

「だから『五感に近い』と言ったろうが。細かい奴だな」

「ごめん、つい。で、初耳なんだけど、植物に記憶力ってあるのかい？」

「ある種の植物において、右側の葉だけを毟り続ければその植物は右側には葉を付けなくなるという実験結果をフランス科学アカデミーが報告している。これを見る限り記憶を有し、それを踏まえた対策を取っていると言えなくもなかろう？」

「ふむ。確かに」

「また、ストレスを受けた植物の子は、親が受けたストレスを知っているように振舞うという話もある。ストレスを受け、その対策を案じた時点で、植物は自身のゲノムを書き替えるんだな。さらには、発散する化学物質を手紙のように使い、同種の仲間に情報や形質を伝達することもできる」

　そう言いながら阿頼耶は携帯灰皿を取り出し、長くなった灰を落とした。使うか、と差し出されたそれに、僕も煙草の先の灰を軽く落とす。

「ありがと。しかし、君は相変わらず変なことを知ってるね」

「妖怪学はあらゆる知識を踏まえた上で成り立つ学問だぞ。俺程度ではまだまだだ。

それに、最近、空木淳郎が発表していた論文や報告を幾つか読んでいたからな……。空木のことは話したろう？」

「聞いたよ。あの楠屋敷の前の住人で、現在は行方不明の樹木医で植物学者で、やや過激なところもある環境保全活動家。その彼の文章はどうだった？」

「環境破壊を憂え、意識改革を訴える面も強いから、『面白い』と言うと語弊があるが……興味深いものではあった。植物、特に樹木の特異性を観察経験に基づいて語る手法は、さすが樹木医だ。彼が着目していた植物の能力には、特殊な物質を発散して他の動植物に影響を与えるというのもあったが、あの作用は何と言ったか」

「アレロパシーのことかい？　日本語だと他感作用」

「ああ、それだ、アレロパシーだ。定義は――」

「植物が個体外に放出する化学物質が、他の生物個体の生理・生化学的機構に対し、何らかの作用や変化を引き起こす仕組み。引き起こされる現象は、有害な微生物の排除からライバル植物の天敵である昆虫の誘引まで様々で、発散される化学物質の代表例はアルカロイドやテルペノイド。主な作用経路は根からの滲出（しんしゅつ）や葉からの揮散（きさん）」

　阿頼耶が少し考えた隙を突くように、僕は一気に言い切った。子どもじみた振る舞いだとは自分でも思うけど、この博識な友人の先を越せる機会は滅多にないし、それに、これくらいで怒る相手でもないことはよく知っている。どうだい、と笑みを浮かべてみせれば、偏屈な妖怪学徒は僕をきょとんと見返し、これ見よがしに呆れた。

「お前も大概妙なことを知っているな。人のことは言えまい」

「阿頼耶の友達を三年間やってると、こうもなるよ」

「明人は元々変人だったろう。俺のせいにするな」

やれやれと言いたげに吐き出された白い煙が、薄く広がって上ってゆく。僕は「そうかも」と軽く笑い、それから僕らは少し黙って、無言で煙草の味を楽しんだ。

僕には煙草を買う習慣はなく、阿頼耶から貰ったものしか吸ったことがない。だから良し悪しは分からないのだが、落ち着けて、和めて、そして少しだけ心が昂ぶることの煙の味を、僕はやっぱり好きなんだろうな。そんなことを考えながら煙を燻らせていると、阿頼耶がふと思い出したように口を開いた。

「……静かだな。あいつがいないと」

ぽつりと漏れたドライな声がエノキの下に静かに響き、不健康に白い指が短くなった吸殻を携帯灰皿にそっと収める。「あいつ」が誰のことなのかは聞くまでもなく分かっていたので、僕は笑って同意した。

「元気で強くて賑やかだもんね、彼女」

「無駄に正しくて陽性だからな」

「またそういう風に言う。でも、不思議だなあ。彼女が資料室に通い始める前は、ずっとこんな感じだったはずなんだけど、今となっては懐かしい……って言うより、ちょっと寂しいくらいだよ」

七割ほどのサイズになった煙草を持ち直し、煙を一服。あたりはもうかなり暗くなっていたが、阿頼耶の顔はまだ見える。そちらに視線を向けると、僕は少しふざけた口調で尋ねてみた。

「阿頼耶も寂しいだろ？」

「まあな」

当たり前だと言わんばかりの自然な同意が耳へと届く。聞き慣れた声であっさり告げられたその言葉に、僕はぴたりと静止した。

例によって適当にはぐらかすか、話を変えると思っていたのに、この偏屈な友人がまさか素直に認めるなんて。驚きのあまり、僕は煙草を取り落としそうになった。

「こういう話、いつもは絶対ごまかすのに……どうしたんだい、阿頼耶？　って、そこにいるのは阿頼耶なんだよね？　まさか晃さんが化けてたりしないよね」

「お前が煙草を吸うことを知っているのは俺だけだろうが。お前に煙草を薦めた以上、少なくとも俺は絶対城阿頼耶の人格と記憶を有した人間だ」

「なるほど、論理的だ。でも……だったら、どうして？　何かあったのかい？」

「何かあったのかと聞かれれば、鬼を巡る先日の一件だろうな。あれで変わったと言うよりは、改めて確認させられたと言った方が近いが」

「確認させられた……？　何を？」

「俺はあいつを頼っており、深く感謝している、ということだ」

　静かな声が廃工場の敷地へ染み入る。次の言葉を待っていると、黒衣の友は華奢な肩を大きくすくめ、長く重たい溜息を落とした。

「最初はただのサンプルだったはずなんだがな……。無論、俺の好奇心から何度も危険な目に遭わせたことは反省しているし、あいつのためを思えば、そろそろ俺と妖怪学から遠ざけるのがベストなんだろう。それは分かってはいるものの――」

「来るな、と遠ざけることもできないのが罪悪感ってわけ……？　うーん、そこはあんまり気にしなくていいんじゃないの？　最初の頃はともかく、最近は彼女自身の選択として資料室に来てるんだからさ」

「気楽な奴め。お前ほど割り切れれば苦労はしない」

「これはもう性格だからね。……で？　そんな風に思うようになった今の阿頼耶にとって、湯ノ山さんはどういう存在なんだい？　さすがにもう、単なる覚のサンプルってわけでもないだろ」

「……そうだな。しかし、どう言えばいいのか……。どうしても陳腐な言い回しになってしまうが……俺はユーレイを——いや、湯ノ山礼音という人間を」

と、そこで言葉を区切ると、阿頼耶はじっと僕を見た。

——これはお前だから言うんだぞ。あいつには言うなよ。

そんな風に言いたげな視線が、すぐそこから突き刺さった。阿頼耶の持つ携帯灰皿で短い煙草を揉み消すついでに顔を近づけ、分かってるよ、と首肯する。それを見ると、意固地で偏屈で扱いづらい我が友人は、ぼそりと続きを口にしたのだった。

＊＊＊

「でね、その時先輩が——へっくしゅん！」

地元の夜道を歩いていたあたしの口から、唐突にくしゃみが飛び出した。

いきなりの大きな音に、隣を歩く小久保日奈美（こくぼひなみ）がびくっと驚き、立ち止まる。あたし、湯ノ山礼音の地元の友達であり、通好みの温泉宿「小久保荘」の若女将（わかおかみ）でもある日奈美は、仕事柄着物の印象が強いが、今日はオフなので洋装だ。温かそうなピーコート姿の若女将は、大きな瞳で不安げにあたしを見上げた。下ろした髪が新鮮だ。

「礼音、大丈夫？　薄着してるから風邪引いたんじゃない？」

「薄着ってほど薄着じゃないと思うんだけど」

寒気もしないし、と言い足しながら、あたしは自分の体を見下ろした。同行している日奈美と比べると背が高く起伏が少なく堅めの体軀に纏っているのは、タンクトップに革ジャンにショートパンツ、後は覚の能力封じのペンダントといういつもの取り合わせだ。この冬を乗り切ったコーディネートなんだから、三月末の寒さ程度に負けるはずがない。そう力説して歩道を再び歩き出せば、日奈美は怪訝そうに首を傾げてみせた。

「じゃあ、誰かが礼音の噂してるのかな」

「またそんな。日奈美ってさ、会う度にお婆ちゃんっぽくなるよね」

「し、仕方ないじゃない！　年配の方と話すことが多いから、どうしても……。自分でも気にはしてるんだから」

「悪い悪い。で、今日の食事会って、結局誰が来るんだっけ」

膨れた日奈美に頭を下げ、あたしは話題を切り替えた。中高時代の友人知人が何人か集まるから礼音も是非、と日奈美に言われてのこのこ出てきたのだが、具体的なメンバーはまだ聞いていないのだ。会場であるレストランはこのまま歩いて十分ほどなので、行けば分かるんだけどね。

「美緒と真湖は来るんだよね、確か？」

「それと恵に――そうそう、優里もちょっと遅れて顔を出すって」

「へー、懐かしいな。優里って専門学校だっけ？」

「うん。だからね、礼音の大学生活の話聞きたいって言ってた」

「あたしの話はあんまり参考にならないと思うよー」

日奈美に歩調を合わせつつ、苦笑を浮かべて語尾を濁す。

どうせ信じてもらえないだろうし、心配性の日奈美を不安がらせたくはないので言わないが、大学に入って以来、あたしは大体二ヶ月に一回のペースで大立ち回りを繰り広げ、信じがたいスペクタクルに立ち合わされている。一般的な大学生の場合、生贄にされかかったり、天狗にリベンジしたり、河童と知り合ったり、バイオテロを目論む宗教団体や千年越しの秘密結社と戦ったりすることはまずないわけで、話したところで何の参考にもならないと思います、はい。

なお、あたしのキャンパスライフが伝奇ＳＦホラー方面に大きくブレている原因があの妖怪学徒にあるのは言うまでもない。耳鳴りを抑えてもらった恩はあるし、それを抜きにしたって悪い人じゃないのは知ってるけど、もう少し平穏な生活を送らせてはもらえませんかね、絶対城先輩……？　心の中でぼやいていると、日奈美が眉をひそめて問いかけてきた。

「どうしたの、礼音？　何だか疲れた顔だけど」

「ちょっと色々思い出しちゃって……。日奈美の方はどう？　変わりない？」

「えっ？　それは——う、うん……」

何のことはない日常会話のつもりが、日奈美が急にうつむいた。どうしたんだろうと覗き込めば、日奈美は薄赤い顔であたしを見返し、ぼそりと言った。

「あのね礼音。川端恭介(かわばたきょうすけ)君って覚えてる？　ほら、中学から一緒だった」

「川端恭介？　二学年上のおとなしい男子だったたっけ。高校出た後、家を継いだのは聞いたけど……彼がどうかした？」

「今、彼と——その、お付き合いしてるの」

ぎりぎり聞き取れるレベルの小さな声で、かつ、心底嬉しそうに日奈美が告げる。いっそう顔を赤らめながら「年上の男の人って頼り甲斐あるから……」などと言い足す友人に、あたしは「そうなんだ」と返すことしかできなかった。

まあ、日奈美は十九歳の健全で可愛い社会人なのだから、二歳上の男子と付き合ったって全然不思議ではない。ないのだが、真面目で奥手でおとなしくて、その手の話は一切聞いたことのないこの子が彼氏を作り、しかもそれを自分から報告するようになったというのがどうにも意外で、あたしは驚きを隠せなかった。

そっか。人ってみんな変わるし、大人になっていくものなんだなあ。

当たり前の事実を改めて実感すると、あたしは照れたままの友人に笑いかけた。

「日奈美が幸せなら、良かったと思うよ。おめでとう」

「ど、どういたしまして……。礼音はどうなの？　絶対城さんは？」

「はあっ？　あのね日奈美、何でそこで先輩の名前が」

「何でって、仲良いんでしょう？　礼音、絶対城さんの話ばっかりじゃない」

ぎょっと目を見開くあたしを見返し、日奈美が大きな瞳を瞬く。

そ、そうでしたっけ？　そんな先輩のことばかり言ってました……？　動揺するあたしの隣で、日奈美はくすりと優しく微笑んだ。

「絶対城さんとは五月に一回お会いしただけだけど、礼儀正しくてかっこいい方だったものね。頼れそうだったし、やっぱり年上の男性って良いよね」

五月の連休に日奈美の家の付喪神騒動を解決した時のことを思い出しているのだろ

う、懐かしそうに日奈美が語る。うっとりした口ぶりを聞きながら、あたしは思わず目を逸らし、「頼れるかなあ」と心の中でつぶやいていた。

色んなことを知っているし、泰然としているし、精神的には頼れるのは確かではある。支えてもらっている自覚もあるのだが、物理的にはその逆なのがやや引っかかる。あの顔と声を向けられると守らざるを得なくなってしまうわけで、そこは別にいいのだが、頼れるかと言われると、ねえ。弱いし。

「うーん……」

悩む声が自然と漏れる。怪訝そうに日奈美が見据える先で、あたしは腕を組み、大きな溜息を吐いたのだった。

しっかりしろ、年上男子。

＊＊＊

二本目の煙草に火を点けていた阿頼耶が、ふいにぶるっと体を震わせた。

小さな炎の中に浮かぶ仏頂面に不穏な色がスッと刺し、前髪の下の双眸がほぼ真っ暗になった廃工場を見回す。阿頼耶の手前、祠の石段に腰掛けていた僕は、友人を見上げて問いかけた。

「どうしたんだい？」

「いや。今、誰かに怒られたような気がしてな……」

煙草を指で挟んだまま、阿頼耶があたりを眺める。僕以外の誰もいないことを確認すると、黒衣の妖怪学徒は「気のせいか」とつぶやき、そして僕を見返した。

「明人の方こそ、どうかしたのか？　さっきから妙に嬉しそうだぞ」

「それは多分、阿頼耶が正直に言ってくれたからじゃないかな」

暗がりの中にそびえるエノキを見上げながら、僕は素直な感情を口にした。軽く笑った後に友人に向き直り、聞かされたばかりの言葉を口調を真似て繰り返す。

「——『俺はユーレイを——いや、湯ノ山礼音という人間を、掛け替えのない大事な存在だと思っている』か。いいね。録音しておきたかったくらいだ」

「されてたまるか。第一、それでなぜ明人が喜ぶ？」

「僕も湯ノ山さんのことは好きだけど、彼女を大事に思ってる阿頼耶のことも好きだからね。大事な人が大事な人を大事にしてくれる。こんな嬉しいことはないさ」

我ながらオーバーな言い回しだとは思ったけれど、聞き手が阿頼耶だけで、しかもあたりは暗いというシチュエーションのおかげか、照れる気持ちは全くない。僕はくすりと笑って立ち上がり、「それにね」と付け足した。

「嬉しい理由はもう一つあるんだ。湯ノ山さんの前では絶対言わないような話を、僕だけに聞かせてくれたこと。露骨に贔屓してくれてありがとう、愛すべき友よ」

「よくもまあ臆面もなくそんなことが言えるな。恥ずかしくないのか」

「そこはほら、元演劇部だから」

「何を抜け抜けと。お前、裏方専門だったろうが」

胸に手を当てて微笑んでみせれば、阿頼耶は露骨に呆れてみせた。それは確かに。

僕は頭を掻いて苦笑し、改めて友人に近付いた。まだ聞きたいことはあるのだ。

「あのさ阿頼耶。晃さんはいいのかい？」

「晃？」

困惑した声が返ってくる。何でそんなことを聞くんだ、お前は。そう言いたげな視線をこちらに向けた後、偏屈な友人は遠い目で傍らの巨木を見上げ、声を発した。

「晃か。あいつのことは――正直、よく分からん」

「よく分からないって……ええと、どうでもいいってわけじゃないんだよね？」

「まあな。先日、紫さんと話した時に確信した。あいつは俺の中で重要な位置を占めている。だが、どういう存在なのかと言われると……。尊敬しているのか、敬愛しているのか、呆れているのか、関わりたいのか、関わりたくないのか、あるいはそれら全てなのか……」

とらえどころのない言葉をぽつぽつと漏らすと、阿頼耶は結論を口にしないまま煙草をくわえ、白い煙を薄く吐いた。この話はここまでだということか。了解。僕は小さくうなずくと、「つまり」と話しかけた。

「晃さんは色々別格で特別なポジションなわけだ」

「……まあ、そんなところなのかもな」

「で、それはそれとして、湯ノ山さんはすごく大事」

「勝手に人の意見をまとめるな」

「嘘は言ってないだろ？　……でも、だったらさ。このままでいいのかい？」

「話が見えんな。何がだ」

「阿頼耶もだけど、湯ノ山さんもおそろしく鈍感で不器よ……じゃない。ええと、ある意味繊細だろ。感謝してるなら、その思いだけでもちゃんと示した方がいいと思うよ。付き合いも長いんだし、たまには妖怪学とか事件抜きでさ、二人で食事でも行くとか……」

僕がそう提案し、阿頼耶が何か答えようとした、その時だった。

人気のなかった廃工場の中から幾つかの足音が響き、僕らはとっさに押し黙った。

……誰か来た？　こんな時間にこんな場所へ？

阿頼耶と顔を見合わせる間にも、足音はこちらに接近し続けており、話し声も聞こえてくる。人数は最低でも三人、どうやら若い男女のようだ。

僕らは無断侵入中なんだけど、と目で問えば、阿頼耶は即座に立ち上がり、するりと祠の後ろに回った。とりあえず隠れるつもりのようだ。だよね。僕は友人に続いて祠の陰に回り込んだ。

長身男子二人を隠すには祠は少々手狭ではあったが、重なるようにくっつけば工場の方からは見えないはずだ。僕は阿頼耶の傍に身を寄せ、それを確認した阿頼耶が着火したばかりの煙草を揉み消す。唯一の光源だった炎が潰え、視界が暗くなるのとほぼ同時に、工場内に通じるドアが開き、光がエノキと祠を照らした。

「当たり前だが真っ暗だな、おい」

「ほんとにこんな所にあるの？　騙されてるんじゃないの？」

「信じろっての。俺は何回も来てるんだから」

訝る（いぶか）ような男の声と不安がる女の声に続き、自信ありげな別の男の声が響く。祠の陰からそっと覗いてみれば、やってきたのは全部で三人、いずれも二十歳前後の若者だった。ダウンベストのごつい男性、白のスタジャンの金髪の女性、パーカーにサルエルパンツの小柄な男性という三人組だ。パーカーが光る携帯を懐中電灯のように掲げているところを見ると、彼が後の二人を先導しているらしい。

「学生かな。少なくとも、この廃工場の持ち主とか管理人って感じじゃないね」

「見るからに素行の悪い若者といった風体だな。何の用があるんだか」

ギリギリまで絞った声で、隣の阿頼耶と言葉を交わす。お互い、こういう状況で会話する際は相手の耳元に口を寄せて喋(しゃべ)る癖ができているので、声が漏れる心配はない。

そのまま様子を窺っていると、三人組は僕と阿頼耶に全く気付かないまま祠へと歩み寄ってきた。

「お前が言ってた神社ってのはこれのことか。意外に立派だな」

「早いとこ帰ろうよー。暗いし寒いし木はデカくてキモいし見つかるかもだし」

「こんなとこ誰が見に来るんだよ。ここは大学からしか見えねえから、校舎の電気が消えてるってことは、誰にも見られてないってこと。周りも空き家ばっかで出入りも楽だし。実際、忍び込むのも簡単だったろ？」

そう言って自慢げにニヤつくと、パーカーは祠の石段に足を掛けた。見つかったのかと思ったが、どうもそうではないようだ。

程なくして、ぎいっ、と観音開きの扉が開く音と、祠の中をがさがさと掻きまわす音とが、板壁越しに響いた。「残ってたぞ」という軽い声も。

祠の後ろに隠れている以上、祠の中を覗くことはできないが、パーカーの男はどうも何かを探して取り出したらしい。阿頼耶と揃って息を潜めていると、三人組の声が再び耳に届いた。

「ほれ見ろほれ見ろ。ここで売ってるって言ったろ？　で、こうやって商品ゲットしたら、金はこうやってここの金庫に――貯金箱かな？　どっちでもいいけど、これに入れとくと、後で誰かが回収するってわけ」

「へえ！　このパッケージ、こないだ分けてもらったドラッグと同じだよね」

「だからドラッグじゃねえし。成分的には合法って話なんだから。つうかさ、スカイJって商品名があるんだからそっちで呼べよ」

「スカイJでも何でもいいが……そんなに効くのか？」

「それは私が保証するわよ。もうね、ふわっふわになるんだから」

「だよなー。すげえんだって。しかも結構安いし。感謝しろよ？」

「するする。こんなところで買えるなんて、私全然知らなかったし。あ、でも大丈夫なの？　誰かに見つかったら」

「そんなもん、ボッコボコにして黙らせりゃいいんだ。なあ！」

「ああ、確かにな」

スタジャンの女の問いかけにパーカーが応じ、続いてダウンベストがけろりとうなずく。分かりやすい一連の会話のおかげで、彼らがここに来た目的は聞くまでもなく理解できた。あと、閉鎖されたはずの廃工場にたまに人の気配がした理由や、祠の扉に開閉の跡があった理由も。

要するに、廃工場の一角にそびえるこの祠はどうやら、ドラッグの無人販売所だったらしい。放置されていた回転灯が再び光ったのも、出入りする連中が接触したせいだろう。しかし、大学周辺でドラッグが流行っているとは知っていたが、忘れられた宗教施設をその売場にするなんて、ろくでもないことを考える輩がいるものだ。世も末だなあと肩をすくめると、僕は阿頼耶の耳に手を当て、囁いた。

「今思い出したんだけど、あの薬ってもしかして、怪談ライターの杉比良さんが言ってたやつじゃないかな。ほら、新製品が最近出回ってるって」

「かもな。しかしスカイJという名前は何なんだ？」

「空を飛ぶみたいにハイになるから、とか……？　Jはジャンプかな？　それはそうと、この後どうする？　やりすごす？　で、その後で通報するなり何なり」

「そうだな。下手(へた)に事を起こすのも面倒だ」

「僕ら二人、腕っぷしは微妙だもんね。情けない話だけど」

僕の漏らした苦笑に、懐手(ふところで)のまま阿頼耶がこくりと無言でうなずく。かくして話はまとまり、後はあの三人組が去るのを待つばかり……と、そう思ったのだが。

「てかさあ。何なのこの神社。何でこんなところにあるわけ？」

「知らねえよ。俺、ここでスカイJ買えるって聞いて来ただけだし」

「気味悪いよねえ。祟りとかありそう」

「あるわけないだろう、そんなもの。ただの古い木の箱だろうが」

「そうそう。こんなの怖がってどうすんだよ」

けろりとした声に続き、がん、と祠を蹴飛ばす音が夜の廃工場に響き渡る。それを聞いた瞬間、僕の隣で息を潜めていた阿頼耶の形相がさっと変わり、僕は思わず息を呑んでいた。

無論、僕らのひそんでいる祠の後ろはほぼ真っ暗なので、阿頼耶の表情は見えるはずもない。だが、寄せ合った肩からは、はっきりと怒りと憤りが伝わっていた。

役目を終えたモノが忘れ去られるのは世の定めだが、忘れられたモノが悪用されるのは忍びない。そう考える阿頼耶にとっては、この連中の行動や態度は許しがたいものなのだろう。そこは僕も同感だけど……でも、どうするつもりだい、阿頼耶？

ジェスチャーと視線で尋ねてみても答はない。返事の代わりに、黒衣の妖怪学徒は羽織の中に手を差し込んで何かを取り出すと、それを僕に無言で手渡した。とっさに受け取った僕の手を、冷たい掌が「頼む」と言いたげに軽く包む。

……結局こうなるわけか。了解、やるだけはやるよ。

渡されたアイテムを感触で確認しつつ、首を軽く縦に振る。それを見た阿頼耶は、もう一度僕の手を握って離し——そして祠の陰からぬっと姿を現した。

「おい。お前ら」

宵の口の廃工場の敷地に、バリトンの効いた呼びかけが轟いた。

阿頼耶の声は、重く低いがよく通る。下品な声で談笑しながら去ろうとしていた三人は、びくっと大きく震えて立ち止まり、そして同時に振り向いた。

「な、何だ？　誰かいるのか——って、いるし！」

「え。誰？　誰よあんた！」

「何だお前！　何してる？」

パーカーが懐中電灯代わりの携帯の光を慌てて向け、残る二人、スタジャンとダウンベストが怯えて怪しむ。三対の視線を浴びながら、阿頼耶は小さく肩をゆすり、もったいぶって口を開いた。

「妖怪学の徒、絶対城阿頼耶だ。関わり合いになるつもりはなかったんだが、馬鹿と言えど見殺しにするのは寝覚めが悪いのでな。声を掛けさせてもらった」

「見殺し？　寝覚め？　こいつ何を言ってやがんだ」

「ちょっと待て。妖怪学の絶対城って言ったか？　聞いたことあるような……。あれか？　もしかして、学内のどこかにいるっていうお祓(はら)いの専門家か？」

身構えるパーカーを制しながら、ダウンベストの男がおずおずと問う。それを聞いた阿頼耶は、やれやれと大きく首を振り、ゆっくりと歩き出した。

「俺も有名になったものだな。知っているところをみると、東勢大の学生か。もっとも、俺はあくまで調べて対処するだけで、祓いをやるわけではないんだが」

「どうでもいいが、何でその専門家がこんなとこにいるんだよ」

「決まっているだろう。ここは――出(い)る場所だからだ」

「……ひっ」

阿頼耶の短い一言に、スタジャンの女が短く息を呑んだ。男二人も怯えて固まっているようだが、それも当然だと僕は思った。友人に対してこの言い方も酷いけど、阿頼耶は――特に、暗がりに一人で立つ阿頼耶は、かなり怖いのだ。

黒い羽織に白のシャツに黒ネクタイという陰気で異様な服装だけでも充分不気味だが、それに加えて肌は幽鬼のように白いし、長い前髪で目元までを隠しているので目線が読めず、口から漏れる重低音はやたらと響く。いきなりあんなのが祠の陰から現れて「ここは出る」とか言い出したら、そりゃあ怯えて気圧されるだろう。僕は三人組にほんの少しだけ同情すると、気持ちを切り替えた。

友人の独演をずっと見ていたいけど、引き受けた以上やることをやらないと。僕は託された道具を手触りで再確認し、するりと木の陰に移動した。連中の視線と関心を引きつけてくれているのだろう、阿頼耶は工場の方へと移動しながら、淡々と語りを続けている。

「先日、俺のところに、この古いエノキの下でおかしなモノを見たという話が持ち込まれた。潰れたまま放置された町工場と古木など、不穏な気を溜めてくれと言わんばかりの取り合わせだ。もしやと思って調べてみたら――これが、案の定だった」

「な、何がだよ」

「釣瓶下しという妖怪だ。古木の上に潜み、姿を見せることはないが、夜になると木の上から小さな光を下ろす。樹上で奇妙な歌を歌うとか、大きな音を立てて落ちるとか、通りがかった人間を摑みあげて食らうといった話もあるが……ともかく、妖怪のご多分に漏れず、不吉で不気味な存在なんだ。取り憑くようなことはしないものの、関わるべきでない怪異であるのは否めない。お前達、ここに何度も出入りしているのなら、見たことがあるんじゃないのか？」

「し――知らねえし見たこともねえよ、そんなの。な、なあ？」

「私に聞かないでよ。私、今日初めて来たんだもん」

「俺もだ。つうかお前、それを知ってて俺達を連れてきたのか……？」

「はい？　いやいや違う！　スカイＪ欲しがったのお前らだろ！　妖怪学だか霊媒師だか知らねえけど、こんなインチキくさい野郎の話信じてどうすんだ？」

阿頼耶の不穏な詰問に、三人組がいっそう困惑し始める。スタジャンとダウンベストに責められそうになったパーカーは、慌てて阿頼耶に矛先を向けたが、そこにすかさずバリトンの効いた溜息が割り込んだ。いいタイミングだ。

「インチキとはまたとんだレッテルだな。俺が一度でも金を要求したか？　あくまで俺は自分の興味のために動く妖怪学徒。居合わせた馬鹿がどうなろうと知ったことではないんだぞ。被害に遭うところを見たいという気持ちを堪え、忠告に出てきてやったのに……分かった、そういうことなら好きにしろ。勝手に祟られてそれで死ね。そしてその一部始終を俺に見せろ」

「し──死ねってお前、そんな簡単に」

「言ったろうが。釣瓶下しは人を食らうこともある、と。そこの祠が辛うじて抑えていたから被害もなかったようだが……お前ら。祠を蹴ったろう？」

「え。それは──」

「あれはいかにもまずかった。祟ってくださいと言ったようなものだ」

「けっ、蹴ったのはこいつだけだからね！　私と彼は──」

「知るか。止めなかった時点で同罪だ」

スタジャンの女の悲痛な声をばっさり切り捨て、阿頼耶が工場に通じるドアへと向かう。三人組は再び顔を見合わせると、不安げに黒い背中を追いかけた。

「言うだけ言って帰る気か？　プロなら何をどうしろとか言えよ！」

「そ、そうよそうよ！　ここで放り出されても、どうしたらいいか」

「相談料も出さずに、偉そうな連中だな。俺が教えてやれるのは、ここの祠でおかしなものを売買するのはやめておけ、ということくらいだ。スカイJとか言う薬を売っている奴にも言っておくんだな。SNSで連絡くらいは取れるだろう？」

「わ、分かった──って、いや、ちょっと待て！　うっかりオッケーしかけたがよ、お前、適当なこと言ってるだけじゃねえのか？　その妖怪が出たわけでも」

「夜なべすんだか──」

「ないんだか……え？」

食い下がるパーカーの擦れた声に、ふいに、不気味な唸りが割り込んだ。

その場にいた全員が同時にハッと黙り込み、声の響いた方向へ、即ち、釣瓶下しが潜むとされた古いエノキへ視線を向ける。と、一同が注目するのを待っていたかのように、不気味な声はその続きを響かせた。

「釣瓶下ろそか──ぎいぎい──」

「え、何。何今の？　まさかほんとに」

「ああ。釣瓶下しの歌だな」

「待てよおい！　んなわけねえって！　どうせ誰かが隠れてるとか──あれ？」

携帯の光を樹上に向けたパーカーが、目を見開いて絶句する。枝がざわざわと揺れるばかりで、人影なんかどこにもないことに驚いているようだ。よし、成功。祠の陰から様子を窺っていた僕は、小さくうなずき、微笑んだ。

なお、主なき声の仕組みはごく単純。まず阿頼耶から託された携帯電話を僕の電話と通話状態にして木に仕掛けておき、手元にある自分の電話で釣瓶下しの歌をしゃがれ声で口ずさんだだけだ。阿頼耶の電話は幹の洞に放り込んだから、工場側からは見えていない。

脅かす相手が木の近くにいればすぐバレてしまうネタだけど、その点は阿頼耶も分かっており、ちゃんと引き離してくれているから安心だ。木には近づくなだの、妖怪は光を嫌うから照らすなだの、連中に語る声がしっかり聞こえている。

で、ここで終わってもいいけれど、釣瓶下しは木から落ちてくる妖怪なのだから、何か下りてこないと締まらないだろう。というわけで僕は念を押すべく、阿頼耶から受け取っていた煙草とライターを取り出し、火を点けた。

ぽっ、と灯る小さな火。その光が阿頼耶達の方へ漏れないように隠しつつ、そうっと木の後ろに回る。吸い口の部分に結び付けておいた黒い糸の端をしっかり持つと、僕は火の点いた煙草を大きな枝を飛び越すように軽く放った。

「あ……あれ！」

「え。今度は何——げっ」

「お、おい……あれって」

「ほう」

最初に気付いたのはスタジャンの女だった。男二人が続いて驚き、最後に阿頼耶が感心する。糸に結んだ煙草を上下させただけのシンプルな仕掛けだが、小さな小さな赤い炎が闇の中で動く様は、なかなかインパクトがあったようだ。近づくなよ、と阿頼耶が念を押す声が響く。

「近づくと取って食われるぞ。しかしこれは——見事な釣瓶下しだな」

「感心してどうすんだよ！　おかしいんじゃねえのか、あんた」

「よく言われる」

「だろうな、って、そんなことはどうでもいいよ！　どうすりゃいいんだ？　お祓いとかした方がいいのか、やっぱ？」

　こういう事態には慣れていないのだろう、パーカーが露骨に狼狽し、残る二人も不安げだ。だが縋るような視線を向けられた黒衣の変人は、華奢な肩をこともなげにすくめ、「知るか」と冷たく言い放った。

「祓ってどうにかなると思ったら大間違いだ。意思を有した霊や神の類ならともかく、相手は釣瓶下し。妖怪なんだぞ」

「え。えーと、どういうことだ……？」

「妖怪はいわば一種の『仕組み』。神や霊より単純で、同時にたちが悪いんだ。信じろとも、拝めとも、憐れめとも彼らは言わない。ただパターンに則って行動し、畏怖を求めるだけの存在だ。ここが妖怪の最も興味深い特徴で、例えば柳田国男は」

「長いいい話はもういいから！　端的に言ってよ、どうしたらいいの？」

「近づかない、接しない。それ以外の手はないな」

「先にそれを言えよお前！　要するに逃げりゃいいんだな？」

「平たく言えばそうなるな。まあ、個人的な欲求としては、祟りを受けるか食われるところを見せてくれるとありがたいのだが」

阿頼耶の話は続いていたが、そろそろ頃合いだろう。インパクトは時間経過に応じて薄れていくから、どんどん畳みかけた上で、まだ早いかなと思うタイミングで切り上げるべし。かつて演劇部で学んだ教訓を思い出しながら、僕は拾っておいた太い枝を振り上げ、傍らのマンホールの蓋めがけて叩き付けた。

ぐわあああん、と巨大な音が轟き、廃工場の敷地に満ちた空気がビリビリと震える。同時に、「ひゃっ」と「ぎゃっ」を足したような短い悲鳴が三つ重なって響き、これまた三つの足音がばたばたと走り去っていった。

そっと木の陰から様子を窺えば、工場を突っ切って逃げていく三人組の背中が見えた。開け放たれたドアの傍らには、黒衣の長身が一つ、やれやれと言いたげに立っている。三人は逃げる際に大事なドラッグを落としたようで、阿頼耶は地面の上の包みを拾い上げ、「ふむ」とうなずいて羽織の袖に入れてしまった。

そして、沈黙すること数分間。

逃げた連中が戻ってこないことを確認すると、僕はようやく木の陰から出て、「お疲れ様」と手を振った。それを見た阿頼耶は小さくうなずき、羽織の袖からペンライトを取り出しながら歩み寄ってくる。

「明人もご苦労だった。良い釣瓶下しだったぞ」

「どういたしまして。はい、携帯返しておくね」

「ああ。しかし、よく俺のやってほしいことが分かったな。ろくな打ち合わせもなかったのに」

「まあ、それなりに長い付き合いだからさ。あ、灰皿貸してくれる？」

糸に下がっていた煙草を手繰り寄せ、阿頼耶愛用の携帯灰皿の中に放り込む。火が消えるのを確かめていると、黒い羽織の友人は祠へと歩み寄り、開かれたままだった扉をそっと閉めた。なあ明人、と、抑えた声が耳へと届く。

「買い手を数人脅した程度で、ドラッグの流通が止まることはなかろう。あのスカイJとやらは、どうせまた別の場所で売られることになるんだろうが――だが、少なくとも、ここは静かになるだろうか」

「だと思うよ。この木と祠が放置されたままなのは、変わらないだろうけどね」

「仕方あるまい。街道の道筋が変わった時点で、エノキも祠も役割を全うしたんだ。役目を終えたモノが忘れ去られるのは世の定めだが」

「忘れられたモノが悪用されるのは忍びない」

「そういうことだ」

目の前の友人が先ほど口にした言葉を引用すれば、静かな同意が返ってきた。これで許してくれとでも言っているのか、阿頼耶は祠に向かって頭を下げ、そして僕に視線を向ける。

「帰るか」

「思ったより遅くなったね。阿頼耶といるといっつもこうだ」

「妖怪学とはそういうものだ」

適当な相槌を打ちながら、阿頼耶がゆっくり歩き出す。僕は苦笑を浮かべて隣に並んだが、そこでふとさっきの会話を思い出した。そう言えば話の途中だったっけ。

「阿頼耶。さっきのあれ、どうするつもり？」

「漠然とした質問だな。拾ったドラッグのことか？」

「そっちじゃないよ。湯ノ山さんを食事に誘う話」

「ああ、それか。……考えておく」

本気なのか適当なのか、いつもと同じ調子の声で阿頼耶が話をはぐらかす。合間に釣瓶下しの偽装工作を挟んだせいで、テンションが元に戻ってしまったらしい。せっかくいい感じだったのに……とは思ったけれど、でも、この偏屈でぶっきらぼうな友人が、無下に否定しなかっただけでも上出来か。僕は内心でそう自問自答し、とりあえず自分を納得させたのだが、そこに阿頼耶はけろりとこう続けたのだ。

「何ならお前も一緒にどうだ？」

「え」

気楽な誘いに、思わず目が丸くなった。

いや、あの、お誘いは嬉しいけど、それじゃ結局いつものままじゃないか。僕が二人で食事にって僕が言った理由、分かってる？　いや、そもそもそれは本心なのかい？　それとも、またはぐらかしてる……？

困惑した僕がぽかんと立ち止まっている間にも、阿頼耶は悠々と先へ進んでしまう。真っ暗の廃工場に取り残されたいわけではないし、本音も聞けたし、何より、阿頼耶の愛すべき不器用な性格のことはよく知っている。

まあ、今日のところはこれで充分としておきますか。

溜息交じりにうなずくと、僕は慌てて黒い背中を追ったのだった。

# 四章　座敷わらし

東北地方に広く伝わる。奥座敷など決まった部屋に居着く子どもの姿の妖怪で、おかっぱ頭で顔は赤く肌は白い。いる家に繁栄や幸福をもたらすが、普段は見ることができず、その家から去る時のみ姿を見せる。

四月を目前に控えた水曜のお昼前。帰省先から戻ったあたしがお土産を手に四十四番資料室を訪れると、先客が絶対城先輩と話し込んでいた。

「それでね……あら、湯ノ山さん」

あたしに気付いた先客が、ソファに座ったままこちらを向いた。

長い髪を大きなバレッタでまとめ、春らしい水色の長袖ワンピースに緑のポンチョを重ねた若い女性だ。大学を創設した財閥出身のお嬢様だが色々あって実家の一族とは縁切り中の美人准教授にして学生委員の担当教官、織口乃理子先生である。手にしているのは、白い粉末の入った三センチ四方ほどの透明なビニール袋。その小さな袋を応接スペースの机に置くと、織口先生はあたしに向かって優しく微笑んだ。

「お久しぶり、湯ノ山さん。お邪魔しています」

「こちらこそご無沙汰しています。……って、ここはあたしの部屋じゃないんですから、断っていただかなくていいですよ」

育ちの良さを感じさせる柔らかな笑みに一礼と苦笑を返す。こっちこそお邪魔します、と付け足すと、あたしは先生の向かい側のソファに陣取るこの部屋の主に目をやった。実家を発つ前に地元の洋菓子店で買った袋を掲げて、軽く礼。

「どうも先輩。お久しぶりです。帰省のお土産にワッフル買ってきましたから、杵松さんと食べてくださいね」

「ああ」

長い前髪に隠れた双眸があたしを一瞥し、バリトンの効いた声がぼそりと漏れた。もうちょっとコメントが続くかと思ったが、声はそこで途切れてしまい、絶対城先輩は羽織の懐に突っ込んだ手を組んだまま動かない。適当にも程がある挨拶だ。絶対城先輩は、織口先生と同レベルかそれ以上に育ちはいい人のはずなのだが、この差は何なんだろうとあたしは呆れた。

さらに言えば、接客中にもかかわらず、机の上には先輩の読みかけらしい古本が積まれているだけで、お茶もコーヒーも出ていない。ほんとにもうこの妖怪学徒は。あたしは小さく溜息を落とすと、織口先生に頭を下げた。

「すみません……。今、何か飲むものでもお出ししますね」

「あら、ありがとう」

「構うことはないぞ、ユーレイ。相手は織口だ」

「だから構うんですよ」

口を挟んできた先輩に言い返しながら、あたしは衝立（ついたて）と本棚に隠れた部屋の奥の生活空間へ向かった。幸い電気ポットにお湯はたっぷり沸いていたので、コーヒーはすぐ淹れられそうだ。自分用も含めてカップを三つ用意していると、衝立の向こうから織口先生がくすくすと笑う声が聞こえてきた。

「湯ノ山さんたら、すっかりここに馴染んだみたいね。可愛い秘書が帰ってきて、絶対城君も嬉しいでしょう？」

「あんな秘書がいてたまるか。それよりも、話の続きだが」

「……ええ。絶対城君の提供してくれたこれは、間違いなく例のドラッグ——スカイJだと思うわ。色やパッケージが噂と同じだもの」

先輩の問いかけを受けた先生が、ふいに声を潜めた。スカイJ？　何の話かよく分からないが、どうも不穏な話題のようだ。帰省している間に何かあったのだろうか？

コーヒーを用意しながら耳をそばだてていると、先輩が感心の声を漏らした。

「よくそんなことまで知っているな」

「私もそれなりに顔と耳は広いから。このスカイJは、しばらく前から広い範囲で散発的に流通し始めた製品らしいの。出所も製造者も原料も一切不明、ドラッグにしてはお手頃な値段と一過性で後に残らない効果が好かれて、最初は残業帰りのサラリーマン中心に出回ったとか」

「いい大人が怪しい薬に手を出すのか？」

「息苦しい上に先が見えない時代ですもの。社会人こそ逃避したくなるのかもね。このあたりでは名前を聞かなかったから、対岸の火事と思っていたけれど……」

「いつの間にか浸透し始めていたわけだな。少なくとも俺が見た連中は、既に何度か使っているようだったぞ。そいつが仲間にも薦めていた」

「友人知人から誘われたという話は、私も何人かから聞いてるのよ。ドラッグに手を出して良いことなんかないし、どんな連中の資金源にされるかも分からないでしょう。早目に厳しく取り締まってほしいのに、警察の腰は重くて」

「確か、規制対象外で合法なんだろう？」

織口先生の溜息を受け、絶対城先輩がドライに問う。他人事のような軽い問いかけに、先生は疲れた口調で応じた。そういう触れ込みらしいわね、と重たい声が衝立越しに耳に届く。

「もちろん成分が合法でもドラッグを売り買いしていいわけはないけど、危険度合いが低く見積もられてしまうから、結果的に後回しにされるのよね。服用した学生が暴れて被害でも出せば別でしょうが、そうなってからでは遅いし……」

「幸か不幸か、そういう事件は起きておらず、故に危険視もされにくい――か」

織口先生の溜息を受け、絶対城先輩がやれやれとつぶやく。どうやらスカイJなるドラッグが学生に蔓延しつつあり、自治会的組織である学生委員の担当の織口先生はその状況を憂えているらしい。なかなか物騒で厄介な問題だ。あたしはしみじみと先生に同情しつつ、湯気を立てるカップをお盆に並べた。せっかくなので買ってきたワッフルも三つ取り出してお皿に載せ、応接スペースへと戻る。

「お待たせしました。良かったらお菓子もどうぞ」

「あら、ありがとう。美味しそうね」

「あまり織口をもてなすな。長居されても面倒だ」

「そんなこと言うもんじゃないですよ」

「お前、織口に随分甘いな。一度監禁された相手だろうが」

「でも、その後いろいろ助けてもらってるでしょう?」

じろりとこちらを睨む先輩を見返し、失礼します、と告げて隣に座る。

込み入った話なら退散するが、それならそうと先輩が言っているだろうし、織口先生も迷惑がっている素振りはない。むしろあたしが入った方が話しやすくて助かると目で伝えている気もするくらいだ。

それに、久々の資料室で久々の先輩なんだから、早々に帰るのももったいない。というわけであたしは、自分用のカップを手に取って温かいコーヒーを一口だけ飲んだ後、改めて先輩と先生を見比べた。

「で。何があったんですか？　ドラッグが流行ってるとか聞こえましたが」

「先日、俺と明人が出向いた先の廃工場が、たまたま『スカイJ』なるドラッグの販売所で、現物を手に入れたものでな。この手の話は織口に回しておけばいいだろうから、こうして呼び出し、ついでに話を聞いていた」

「絶対城君が私を何だと思ってるのかはともかく、実物のサンプルが貰えたのはありがたいわね。ディーラーの素性も全然摑めないし、噂だけでは何もできなかったから……。ところで絶対城君、このスカイJの包み、どうして一袋しかないのかしら？　確か、四袋セットだったって聞いたのだけど」

「え。まさか先輩、興味本位で使ったんじゃ？　駄目ですよ、そういうの」

「誰が使うか、阿呆」

ハッと隣を睨んだあたしを、冷え切った目が見返す。黒の羽織を羽織った華奢な肩をこれ見よがしにすくめると、先輩はクリームを挟んだワッフルを手に取った。

「素性の怪しい薬に頼るほど刺激に飢えてはいない。古い祠を売買の場所に使うような愚かで無粋な連中が売ったものなど、見るのも汚らわしいくらいだし、大体、俺が取ったわけじゃない。明人が学部で調べてみたいと言って持って行ったんだ」

「杵松さんの姿が見えないと思ったら、そういうことですか。でも杵松さんって確か機械工学科で、専門は分子素材でしょ？　薬物の分析なんかできるんですか？」

「今は本業の研究室は春休みらしいぞ。だから時間も取れるし、成分分析の手順も前から知りたかったとかで、ここ数日はスカイＪのサンプル片手にバイオ資源学科の研究室を渡り歩いて――ふむ、美味いな」

　友人の動向を語りながら、先輩がワッフルをもそもそと咀嚼する。それを聞いたあたしは、織口先生と顔を見合わせ、同時に呆れた。

「杵松さん、せっかく休み取れたなら、休めばいいと思うんですけどね……」

「ねえ。さすが絶対城君の友人だけはあるわね」

「どういう意味だ？　ともかく、件のドラッグはこれで確かに渡したからな。何か分かったら教えるし、何かあったら伝えてほしい。以上だ」

　強引に会話を終わらせると、先輩は二つ目のワッフルを摑んだ。いやあの、一人一つのつもりで持ってきたんですけども。そう言うべきか迷っているあたしの向かいの席で、織口先生が微笑み、カップを置いた。

「随分と急いで話を切り上げようとするのね。そんなに湯ノ山さんと二人きりになりたいのかしら」

「え？　そうなんですか先ぱ」

「馬鹿を言え」

あたしが驚くのと同時に、先輩が即答する。二つ目のワッフルをコーヒーで流し込むと、黒衣の妖怪学徒は応接スペースの机に置かれたままの本をちらりと見やった。机の隅に積まれているのは、和綴じの古書や年季の入ったハードカバーの古本などの五、六冊。どれも色褪せているが、怪異だの伝承だのといった先輩好みのワードが読み取れる。その本の山を軽く叩くと、先輩はやれやれと首を振った。

「俺とて忙しいんだ。少し調べたいことがあって、資料を見返しているところだったから、用が済んだら帰ってほしい。それだけの話だ」

きっぱり言い切る絶対城先輩である。まあ、妖怪の本の続きを読みたいのだという理由はいかにもこの人らしいし、本音なんだろうとも思う。思うけど。

「それを言い出したら、先輩いつでも忙しくなっちゃうじゃないですか」

「湯ノ山さんの言う通りよね。……でも、用は確かに済んだから、今日はこれで失礼します。お邪魔しました」

礼儀正しく頭を下げ、織口先生が立ち上がる。スカイJの入った袋をバッグにそっと収め、あたしに「ご馳走様でした」と笑いかけると、先生は資料室を後にした。ヒールの音がリズミカルに遠ざかっていく中、先輩は本の山に手を伸ばし、一番上の一冊を取った。

「やれやれ。やっと帰ったか」

　小さな声がぼそりと響き、かさついたページをめくる音が続く。何を読んでいるのか気になったので、あたしは隣に座ったまま先輩ににじり寄り、首を伸ばしてページを覗きこんでみた。先輩はあたしをちらりと見たが、何も言わずに読み続ける。前髪の下の視線の先を追えば、退色したページに細かい活字がびっしりと並んでおり、その中には「座敷童子（ざしきわらし）」の四文字がところどころに見受けられた。

「また座敷わらし調べてるんですか？」

「横から覗いてうるさい奴だな。またとは何だ」

　あたしをじろりと一瞥し、先輩がぼやく。その間にも先を読み進めているのだろう、ページを繰る先輩をあたしはまじまじ見返した。

「だって、神籬村の座敷わらしの一件は、正体分かって解決したじゃないですか。何でしたっけ、ノタバリコでした？」

　首を傾げて問いかけながら、神籬村で目撃した黒い影のことを回想する。座敷わらしのうち、夜中に這い回るタイプをノタバリコと言うのだ、確か。

で、あの村で都市伝説になってた座敷わらし――ノタバリコの正体は、群れて人型を為す習性を持った蟻だった。あんな不気味でインパクトのある真相、そうそう忘れられるはずがない。

神籬村の中央にそびえる大きなクスノキは荘厳だったし、空気もとびきり美味しかったし、概ね素敵な場所だったが、あの蟻の群れだけは例外だ。夜の土間を這い回る黒い子どもを思い出し、あたしはぞっと肩を震わせた。

「あの光景はもう見たくないです……って、そう言えば、杵松さんがあの蟻を何匹か摑まえてましたよね。あれ、あの後どうなったんです？」

「それならお前が地元に帰っている間に答が出た。理工学部の昆虫学研究室に持ちこんだところ、どこにでもいる普通のクロナガアリと同定されたそうだ。無論、一般のクロナガアリは群れて子どもになったりしない。ノタバリコ化はあの村の種だけが身に付けた習性らしいが、その原因は不明とのことだったぞ」

「へえ、そうなんですね。でも、それならなおのこと、もう答は出てるんじゃないんですか？　先輩が掘り下げて調べることもないような……」

「俺もそう思っていたんだがな」

小さな活字を追いながら、先輩がこくりと相槌を打つ。横から見ると分かるけど、結構鼻が高いんだな、この人。そんなことを思ったあたしに、先輩はちらりと横目を向けて「時に」と続けた。

「座敷わらしは大まかに分けると二種類だという話をしたが、覚えているか？」

「ずっと座敷に居続けるパターンと、土間あたりをうろつくパターンに分けられるんですよね。座敷にいるのは赤とか白とか綺麗な色で、ランクが高くて幸せを授けてくれて、姿を見せるのは家から去る時。で、うろつき系は不気味で黒い」

神籬村の楠屋敷の囲炉裏端で先輩に聞かされた話を、思い出しつつ口にする。こんな内容だったよね、と自問すると、あたしはついでに付け足した。

「神籬村の座敷わらしは後者のうろつくタイプで、その正体は蟻だったたってのが、あの都市伝説の真相だったと思うんですが……何で今さらそんなことを？」

「記録を付けるついでに、神籬村の座敷わらしの都市伝説をもう少し深く探ってみたら、予想外の話が出てきてな。廃屋の内外を這い回る黒い子どもが出たというのは、まあ蟻なんだろうが……それとは別に、廃屋の座敷に、赤い頭に白い肌の子どもが立っており、それを見ると幸せになるという噂が見つかったんだ」

「え？　赤い頭に白い肌……？」

「ああ。座敷わらしはそういう妖怪だから別段不思議でもないが、気になるのはその噂の発生源、正体だ。こいつはどう考えても蟻じゃない」

「……ですね」

「だろう？　では何なんだ、という話だ」

あくまで冷静にページを繰りながら、先輩がドライな口調で告げる。答が出なくてスッキリしないのだろう、一瞬だけ眉をひそめると、黒衣の妖怪学徒は羽織の下の肩を小さくすくめ、テーブルに積んだ本の山をちらりと見た。

「とまあ、そんなわけでな。何か見落としている気がして、座敷わらしが出た記録を見直しているところなんだ」

「ああ、ここに積んである本がそれなんですね」

なるほどそういう事情ですか。納得しながら、あたしは机の上の本の山から、二、三冊を手に取ってみた。いずれも古くてかさついており、「民俗学会」や「東北の妖怪」など、いかにもそれらしいタイトルばかりだ。

と、そのうちの一冊にふと目が留まった。色褪せた白いカバーには見覚えがある。神籬村に行く前、資料室を整理した時に先輩がまとめた本の一冊だ。

「白澤書房の『怪談奇談の旅』……？　先輩、これってでっち上げのフィクションだから信用できないとか言ってませんでした？」

「ああ、言った。資料としては使えない与太話の塊だとも言ったな」

けろりとうなずく先輩である。ですよね、と応じると、あたしは首を傾げた。

「どうしてまたそんな本を引っ張り出してきたんです？」

「いかがわしい資料でも、それを理解したうえで読めば参考にはなる。元より妖怪の九割九分は人の想像力が生んだものだから、当時の人々が何を考え、何を知り、何に興味があったのかを踏まえることは有用だ。妖怪学の基礎だぞ」

「知りませんよそんな基礎。じゃあ、これにも座敷わらしの話が……？」

呆れる先輩を睨み返し、あたしはいかめしくいかがわしい本を開いた。えーと、とつぶやきながら目次を見れば、すぐ隣からバリトンの効いた声が飛んでくる。

「五十五ページ。第三十六話、『座敷の童の話』だ」

「覚えてるんですか？」

「これくらいは普通に頭に入る。昔々、人里離れた神木の郷なる小さな村に、座敷わらしが出たという話だ。夜中に土間から現れて這い回ったり、座敷の片隅に佇んで消えたりしたと記されている。座敷わらしの加護あって村は栄え人々は幸せになったが、裕福になるにつれて村人は信仰心を忘れ、あろうことか神様の木を切ろうとした。愚かな村人達は祟りに遭い、眠りから覚めることができなくなってしまう。誰も起きない村はいつしか途絶え、今となっては村がどこにあったのか誰も知らないという……まあ、分かりやすい因果応報譚だな」

手元の本を読み進めながら、先輩はあたしの持つ本の中身をつらつらと暗誦してみせた。言われたページを見てみれば、確かにその通りの話が載っている。

「先輩って便利な人ですねー。家にいるとありがたいかも」

「俺へのコメントはどうでもいい。他の感想はないのか」

「神籬村と似てますよね。二タイプの座敷わらしが出て、村は廃村になって……」

露骨に呆れた先輩に横目で睨まれ、あたしは思いついたことを口にした。

無論、神木の郷と神籬村では地名が違うし、そもそも神籬村は戦後に開拓された村であるのに対し、この『怪談奇談の旅』は戦前の本で、なおかつ中身は実話を装ったフィクションだ。別の話なのは分かってるけど、それにしたって結構近いと思います。

本を山に戻しながらそんなことを語ると、先輩は小さくうなずいてくれた。

「そうだな。人間は時代が変わっても同じような話を考えて語り継ぐという事実の証拠と言えるだろう。実際、定位置型と移動型の二種の座敷わらしのようなモノの出た村が、一旦栄えた後に途絶える話は、集めてみると意外に多かった」

「へえ。それ、全部別の村の話なんですか？」

「ああ。差枝（さしえだ）、相生（あいおい）、榊（さかき）、日通（ひどおし）……。いずれも日本各地に実在する地名ではあるが、伝説の内容と地理的な条件が一致する場所はない。これらもまた、神木の郷同様に創作された話なんだろう。いつの時代の話なのか明確に語られていない点も共通しており、なかなか興味深い発見だ。どうも、座敷わらしの加護で栄えた村が廃村になるという流れは、一種の定型として流通していたようなんだ。となるとその大元も気になってくる」

手にした本に視線を固定したまま、淡々と語る絶対城先輩。興奮を隠しきれないのか口調がやや早くなっている。

その様子は少し微笑ましかったし、座敷わらしの出た廃村という物語がパターン化していたという話題は確かに面白そうではあったが、一学生としてはキャンパス内に広まりつつあるドラッグの方が気になるのもまた事実だ。あたしはソファの背もたれに革ジャンの背中を預けると、先輩の横顔を見上げてぼそりと言った。

「座敷わらしで忙しいから、怪しい薬が流行ってても関係ないってわけですか？」

「自制心のない馬鹿が自主的にラリったところで、知ったことではないからな。古い祠を売買場所に使う手口は許せんが、何が何でも食い止めたいわけでもない」

「そういう態度は良くないと思います。治安が悪くなったらそこにいる全員が結果的に迷惑するわけですし、それに織口先生が困ってるなら力になりたいし……」

先輩だって助けてもらった恩があるでしょう？　そう訴えながら見据えてやれば、先輩はついに読書の続行を諦めたのか、大きく肩をすくめて本を閉じた。

まったく、と言いたげな溜息の音が資料室に響く。どこまで読んだかは記憶できているのだろう、栞も何も挟まずに読みかけの古書を机に置くと、黒衣の妖怪学徒はキッとあたしを見返した。肩の触れ合う至近距離から凝視され、思わずどきんと心臓が撥ねる。

「だから俺は知り得た全てを織口に伝えたろうが。やれることはやっている。俺に言わせれば、お前の姿勢こそどうかと思うぞ」

「ど、どういう意味です……？」

「熱意の使いどころには気を付けろ、という話だ。件のスカイJは売り方からして適当だし、大したバックもなさそうだ。だが、軽薄な馬鹿は時として慎重な悪人より危険で厄介だ。で、お前は腕っ節は強くとも、短慮で浅はかだろう？」

「まあ、そうかもですが……はっきり聞かれると、はいとは言いづらいです」

「諦めろ。お前がどう思おうと事実は変わらん。そして、そんな人間が下手に首を突っ込むと、ろくなことにならないのが見えている。危なっかしくて仕方ないから気を付けろと、そう言っているんだ」

羽織の下で腕を組みながら、先輩が懇々とあたしを諭す。言い返したいことはあったが、先輩が心配してくれているのは伝わってきたし、それに何より顔が近かったので、あたしは「はい」とうなずくことしかできなかったのだった。

「分かりましたよ。……それはそうと」

「何だ」

「顔が近いです先輩」

「駄目なのか」

「え？　いや、べ、別に駄目ではないですが……」

＊＊＊

スカイJには関わらないことを強引に誓わされてしまった日から数日の後、三月最後の週末の夜。あたしは一人で大学の最寄り駅近くの飲み屋街を訪れていた。

年度末だけあって、居酒屋の並んだ通りは人が多くて騒々しい。送別会帰りのサークルなのか、肩を組んでふらつく学生の団体を避けながら、指定された店を探す。大きな看板が目印のチェーンの居酒屋は、幸いすぐに見つかった。ドアを開けて中に入り、賑やかな店内を見回していると、入り口近くのテーブル席に腰掛けていた女子学生と目が合った。

「あれ。礼音？」

　明るく染めた柔らかそうな髪に、長い睫に大きな瞳。同学年で同学部、入学以来の知人である友香だ。丈の短いワンピースにフリル付きのベストを重ねた友香は、例によって革ジャンにタンクトップ姿のあたしを、意外そうに見つめた。

「まさかと思ったけど、その背丈にその髪にその服って、やっぱり礼音だよね。こんなところでどうしたの？」

「え？　ちょ、ちょっと待ち合わせでね……」

　反射的に身構えそうになった自分を慌てて制し、ぎこちない笑みを返す。

　先日、晃さんがこの子に化けてあたしを拒絶してみせたおかげで、友香に会うとつい警戒するようになってしまったのである。友香本人はそのあたりの事情は何も知らないし、依然いい友人なんだから、出会い頭に防御態勢を取らないようにね！　自分で自分に言い聞かせつつ、あたしは友香と、同じ席に着いている十二、三人の男女とを見返した。

「そっちは何の集まり？」

「外国語系サークル合同の追い出し合コン」

「追い出し合コンって何？　別れたいのか出会いたいのかどっちなの」

「私もよく知らないけど伝統らしいよ。ですよねー」

　既にお酒が入っているのだろう、薄赤い顔の友香が隣の席の男子に尋ねる。グレーのカーディガン姿の男子は、ジョッキ片手に「そうそう」と相槌を打つと、赤い顔をあたしへ向けた。かなり酔っているようだ。

「友香ちゃんの友達？　良かったら一緒に飲もうよ。俺ショートの子好きだし」

「え？　いや、あたしは——」

「すみませーん。この子全然飲めないんですよ」

　あたしの手を引こうとした男子を、友香がすかさず制してくれる。ありがとう友よ。顔見た瞬間に身構えたりしてほんとごめんね。心の中で感謝と謝罪を述べていると、友香はきょとんとあたしを見上げた。

「って、自分で言って思い出したけど、礼音、お酒飲めない人だったよね。ここ居酒屋だよ？　大丈夫？　どうしたの？」

「だから待ち合わせだってば。このお店で待ってるって言われたから」

「待ち合わせ？　あ、だったら相手は黒い人？　それか白い人？　どっちだ」

「あいにく絶対城先輩でも杵松さんでもないです。あの人達、こういう賑やかなお店はまず来ないし」

　露骨に羨んできた友香にきっぱり首を横に振り、あたしは店内を見回した。柱が多い上にL字型にカーブした構造の店内は見通しが悪く、探す相手は見当たらない。友香と別れ、先へ進んで角を曲がれば、突き当たりのテーブル席に見覚えのある顔の女性が陣取っていた。あたしと同時に向こうも気付いたようで、待ち合わせの相手が「おーっす」と大きく手を振る。

「久しぶりー。こっちこっち」

　四人掛けのテーブルを占有している元気そうな若い女性が、あたしに向かって手招きしている。スレンダーな体にぴったり合った黒の半袖ブラウスは以前とは印象が違ったが、セミロングにした金髪とおでこのサングラス、明るい声ですぐ分かった。壁のハンガーには見覚えのあるトレンチコートが掛かっていたし、間違いない。神籬村で知り合った怪談ライター、杉比良さんである。

　あっけらかんとした態度のせいか、大雑把で時間にルーズなイメージだったが、ちゃんと先に来ていたらしい。

ちなみに、この場所と時間を指定したのは杉比良さんだが、話を持ちかけたのはあたしの方だ。首を突っ込むなと先輩が顔を近づけて諭した日の帰り道、あたしは考えたのである。先輩にああは言われたが、織口先生が心を痛めていると知った以上、やはり何かの力になりたい。ドラッグのディーラーへの接触なんかは論外としても、情報提供くらいはしたいが、そういう怪しい情報に詳しい知人がいるわけでもないし……。

と、そんな具合に諦めかけた時、あの廃村で聞いた明るい声が蘇ったのだ。

——色々、様々、種々雑多。コンビニに並んでるペーパーバックとかホラー系漫画雑誌のコラムとか、あとは胡散臭いWEBマガジンとかね。怪談と都市伝説だけじゃ食ってけないから、合法ドラッグとか裏サイトみたいなアングラ系の怪しいネタまで、何でも広く浅くやってます。

——アングラなネタは手広く扱ってるって言ったでしょ? 前にマジックマッシュルームを調べた時、一緒にキノコのことも色々知ったわけ。仕事で方々の怪しい場所を回ってるから、ドラッグについてもそれなりには詳しいよ。

とまあ、杉比良さんは確かにそんなことを言っていた。であれば、流行の兆しを見せているドラッグについても何か知っている可能性もある。そう考えたあたしが神籬村でもらっていた名刺の連絡先にメールを送ると、即座に返事が来たのだ。

曰く、スカイJのことなら、表に出ていないネタも少しは持っている。知らない仲じゃなし、電話かメールで伝えてもいいけど、せっかくだし直接会って話したい。ちょうど仕事で東勢大の近くに来ているし、たまには若い子と喋らないと老いてしまう……とのことだった。代金はお姉さんが持ちますとも言ってくれたので、あたしはこうして出向いてきたというわけだ。

「すみません杉比良さん。お待たせしました」

「何を仰る。時間ぴったりじゃん。私も今来たところだしね」

ぺこりと頭を下げたあたしに、杉比良さんが笑いかける。その手元には泡の減ったビールのジョッキがホールドされており、テーブルの上には半分だけ残ったピザやトマトを避けた痕跡のあるサラダ、キャベツとタルタルソースのみが残った皿などが並んでいた。今来たってのは絶対嘘だな。あからさまな嘘に呆れながら、あたしは促されるまま杉比良さんの向かいの席に着いた。

準備の良いことに、あたしの前には、ハーブを浮かべた細長いグラスが既にコースターに置かれている。あたしのドリンクも前もってオーダーしておいてくれたらしい。と、ジョッキを手にした杉比良さんは、改めて軽く一礼し、ニッと笑った。

「座敷わらしの村以来ね。元気？」

「はい、おかげさまで。今回は急にお呼び立てしちゃってごめんなさい。お忙しいんですよね？」

「まあ忙しいことは忙しいわね。貧乏暇なし金はなし、浮世の馬鹿は起きて働く、よ。ああ金が欲しい！　でもまあ、どんな相手の話でもとりあえず聞いておくのが、ライター業の基本だから気にしなさんな。大体、呼んだのはこっちだし」

　かしこまるあたしに向かって、杉比良さんが身を乗り出してニヤつく。確かに、と笑い返せば、フランクなライターさんはあたしの手前のグラスを指差した。

「待つの嫌いなもんで、注文しといたからさ。お薦めよ」

「あの……以前言いませんでしたっけ？　あたしお酒はちょっと」

「ちゃんと覚えてますし大丈夫。それ、ノンアルコールカクテルだから」

「あ、そうなんですか」

「そうなのよ。ハーブが効いてて美味いから、グイッと飲むのが快感で――って、話は後。とりあえず、礼音ちゃんとの再会を祝して乾杯しますか。はい、乾杯！」

「え？　えーと、乾杯！」

　杉比良さんのペースに合わせ、あたしは慌てて手元のグラスを摑んで掲げた。かちんとグラスとジョッキの縁をぶつけ、「さあグイッと」と促されるままにお薦めのノンアルコールカクテルなるものを口に含んで飲み込む。

「……う。これは」

　思わず眉をひそめてしまった。杉比良さん推薦のドリンクは、炭酸の効いた甘さの中にうっすら苦みの漂う奇妙な味で、正直あんまり美味しいとは思えなかった。そのリアクションが面白かったのだろう、あたしを注視していた杉比良さんはニタリと笑うと、ほぼ空になったジョッキをコースターに戻し、声を潜めて口を開いた。

「スカイJについて聞きたいんだって？」

「え、ええ。ご存知なんです……よね？」

「まあねー。東勢大近辺でもじわじわ流行中のアレでしょう？　ディーラーも製造元も不明でお値段お手頃、ふわーっと熱くなって気持ちよくなるのが特徴で、効き目がめっちゃ早い上、一過性で後に残らないってのが人気の秘訣だとか。欲しいの？」

「違いますよ」

　机に上体を伏せるようにして問いかけてきた杉比良さんを睨み返し、あたしはきっぱり即答した。そういうことではなく、お世話になっている先生が困っているので、拡散を食い止める手掛かりになるような情報が欲しいんです。懇々と説明した後、あたしは「と言うか」と杉比良さんを見据えた。

「メールにそう書きましたよね、あたし？」

「ごめんごめん。あれは建前かなーと思っちゃってさ。ところでちなみに礼音ちゃん、スカイJについて他に知ってることはあるのかしら？　ほら、ディーラーの素性とか製造方法とか流通経路とか」

「え？　いや、全然……。バックはなさそうだって話は聞きましたけど」

「……ふむ。で？　他には何をご存知」

「ですから何も知らないですって」

　真面目な顔の杉比良さんに見据えられ、あたしは首を左右に振った。知らないからこそ話を聞きたいわけですし、大体、なんで杉比良さんがあたしに質問してるんですか。これじゃ逆じゃないですか。取材されても情報なんかないですよ——と、そう言おうとした時だった。

「その顔。どうやらほんとに何にも知らないのね」

　食い入るようにあたしを凝視していた杉比良さんが、拍子抜けしたように溜息を落とした。スレンダーな体軀から、一瞬前まで漲（みなぎ）っていた気合がふっと抜ける。セミロングに整えられた金髪を揺らしながら、杉比良さんはもう一度溜息を吐き、自分の頭をぴしゃりと叩いた。

「身構えちゃって損したなあ……。あー、下手こいた」

「え？　どういう意味です？」

「あのさ礼音ちゃん。スギヒラタケって茸、知ってる？」

　あたしの質問を無視し、杉比良さんが唐突に話題を変えた。

　何です、急に？　なぜいきなり茸の話を？　困惑するあたしに口を挟む隙を与えないまま、向かいの席のライターさんは言葉を重ねていく。

「漢字は違うけど、私の名前と同じスギヒラよ。杉林に生える白くて綺麗な茸」

「いや、知りませんが――」

　それがスカイJと何の関係が、と尋ねることはできなかった。

　ふいに頭がふらついたのだ。がくんと前のめりに倒れかけた自分を、あたしは慌てて押しとどめた。同時に、瞼が異常に重くなり、意識が途切れそうになる。平衡感覚までおかしくなったのか、ぐるぐると回っているような気がしてきた。

　何これ？　まさか酔った？　いや、でも、アルコールは飲んでないし、お酒に酔ってもこんな風には……？　困惑したあたしは助けを求めるように向かいの席を見つめたが、杉比良さんは同じ調子で語り続けるだけだ。

「スギヒラタケって、昔から食用として親しまれてきた茸なのよ。でも不思議なことに、二〇〇四年以降、急に中毒事故が報告されるようになったのね。それまでは無害で美味しかった茸がいきなり毒になったわけ。中毒の原因物質は未だに謎で、今まで平気で食べられてた理由も分からないまま。どう？　信用できると思ってた相手が実は危険だったって、すごーく怖い話だと思わない？」

そう言った杉比良さんの笑顔を見た瞬間、あたしの背中に悪寒が走った。

しまったという反省と、やばいという危機感と。その二つに突き動かされるように、あたしはとっさに立ち上がろうとしたが——無理だった。

「え？　あ……！」

テーブルに突いた手が滑り、あたしの上半身がべたりと机に突っ伏した。

グラスが転がる音が耳に届いたが、そちらを見ることができない。起き上がろうにも腕に——いや、体全体に力が入らず、声すら出ないのだ。その間にも異様な眠気は延々押し寄せ、今にも意識を奪おうとする。何だこれ！

「やだもー！　だから飲み過ぎだって言ったじゃーん」

杉比良さんのあっけらかんとした声が、ふいに頭上から降ってくる。そんなはずはない、とあたしは心の中で必死に叫んだ。

あたしはお酒は一滴も飲んでいない。杉比良さんだってそれは知っているはずでしよう！　だがその心の声は全く届く気配はなく、杉比良さんは「仕方ないなあ」と大袈裟に言い、あたしに顔を近づけた。閉じつつある瞼の向こうで愛嬌のある苦笑いが浮かび、その口からぎりぎり聞き取れる小声が漏れる。

「……ごめんね、礼音ちゃん。礼音ちゃんからメールもらった時、私、自分がスカイJのディーラーってバレたんだと思い込んじゃってさあ。これは黙らせるしかないってことで、一服盛っちゃったんだよね。ほんとごめん」

あたしにしか聞こえないか細い声が、耳から脳へと滑り込む。今にも意識は途切れそうだったが、杉比良さんの言葉は理解できてしまった。はっ、と目を見開くあたしの肩を、杉比良さんは慰めるように優しく叩いた。

「……ちなみに、さっきのハーブカクテルに入れたのは、とある取材中に手に入れた必殺の非合法睡眠薬。めっちゃくちゃ効くから、そろそろ限界でしょ？　なお、反社会勢力とか暴力団系の人達との繋がりはないから、そこんとこは安心してね。スカイJの製造販売は、完全に個人経営の零細企業なのです」

あまり反省していない顔の杉比良さんが、目と鼻の先でにやついている。何がごめんなさいだ、何が安心してねだ。立ち上がって言い返したかったが、鍛えているはずの四肢は完全に力を失っている。そんなあたしに再度「ごめんね」と謝ると、杉比良さんは――いや、杉比良は体を起こし、ことさらに大きな声を出した。

「だから飲み過ぎるなって言ったのにー。え？　何？　大丈夫だって、ちゃーんと連れて帰ってあげるからさ。すみませーん、お勘定お願いしまーす」

店の中に響き渡るように、杉比良が声を張り上げる。自制のできない学生が飲み潰れることなど日常茶飯事なのだろう、見える範囲では居酒屋の店員も客も、誰一人こちらの状況に違和感を覚えている様子はない。そうこうしているうちに杉比良は会計を済ませてコートを羽織り、あたしの腕を肩に回して立ち上がった。

くそ、と思うが依然体は動かず、意識は混濁していく一方だ。引きずられるように店から連れ出されたあたしの頭の中で、あのバリトンボイスがふと響く。

――お前は腕っ節は強くとも、短慮で浅はかだろう？

はい、その通りでした、先輩……。

声にならない声が、心の中で反響する。確かにあたしは浅はかでした、首を突っ込むべきじゃありませんでした。今さらのように反省したのと同時に、瞼はついに落ち切り、そこであたしの記憶は途切れた。

＊＊＊

まず感じたのは、ふわふわとした気持ち良さだった。

温かく柔らかいものに包まれているような──あるいは、しなやかな手に体中を優しく撫でまわされているような、経験したことのない快感があたしを刺激し続けている。絶え間なく襲ってくる快楽に、息があがっていくのが分かった。

金縛りにあったように、四肢はほとんど動かない。上下左右の感覚もなく、自分がどんな姿勢でいるのか把握できない。空気のある宇宙空間というものがあったら、きっとこんな感じだろうとあたしは思った。

どのくらいこうしていたのか──こうしているのだろうか。実体のない繊細なタッチを味わいながらたゆたっているのは心地良かったが、いつしか体内に熱の塊が幾つも生まれた。まるで胸と腹の中に火を灯されたようだ。

やめて。熱い。助けて。

声にならない声で訴えたが、身中の炎は収まるどころか一層盛り、体が激しく火照り始めた。苦しくて開けた口から熱気が吹き出し、全身に滝のように汗が湧き出す。

駄目だ。もう熱くて我慢できない……！

あたしは無我夢中で体をよじり、ろくに動かない手足で上着を摑んだ。悶えるようにのたくりながら、革ジャンとタンクトップをどうにか脱ぎ捨て、放り投げる。引き千切るようにショートパンツも脱いだが、熱が鎮まる気配はない。炙られているような火照りと、べとつく汗の不快さに、あたしは思わず声をあげた。

「ああもうっ！　熱い！　――って。え……？」

その叫び声で、あたしの意識が覚醒した。

まず目に映ったのは、板張りの天井だった。薄暗い部屋だったが、見たことのない光景だということはすぐ理解できた。広さは六畳ほどだろうか、こじんまりとした天井の中央では、蛍光灯の常夜灯だけが小さく灯っている。

汗びっしょりの背中には、畳の感触が伝わっていた。どうやらあたしは、和室に仰向けで転がっているようだ。さっきの無重力体験は夢だったのだろうが、服を脱ぐのは実際にやってしまったらしく、背中やお腹や太腿は剝き出しである。とりあえず下着まで脱がなくて良かった、とあたしは思った。

で、ここはどこだろう……？

記憶を辿ってみても、杉比良に一服盛られたところまでしか思い出せず、その杉比良の気配は近くにはなかった。加湿器か空気清浄機でも使っているのか、大きな音が響いているだけだ。

　音と言えば、あたしの呼吸音もなかなか凄い。はあはあと激しい音が口からずっと漏れている。肺はフル稼働を続けており、起き上がれない姿勢のままでも、スポーツブラに覆われた胸がペンダントを乗せたまま激しく上下するのが見えた。

　三月末のはずなのに体は熱を放ち続け、汗が留まる気配はない。起き上がって汗を拭いたいし、服も着たかったけれど、四肢に力が入らないのでそうもいかない。

　二の腕から先や膝から下は辛うじて動いたが、それ以外がほぼ麻痺(まひ)しているらしく、起きようとしても芋虫のように悶えるのが精一杯だ。意識も靄(もや)が掛かったように朦朧(もうろう)としており、気を抜くとすぐに眠ってしまいそうだった。

　せめてあたりを見回したいが、首は麻痺したままである。仕方なく視線だけをぐるりと回せば、締め切られたカーテンや汚れた襖、年季の入った掛け時計などが見えた。時計の示す時刻は三時。カーテン越しの窓の外の暗さからすると午前だろう。

　さらに視界を移すと、脱ぎ捨てた革ジャンやショートパンツがあった。太い柱の手前にはあたしのバッグが転がされており、その隣には稼働中の加湿器と丸椅子が置かれている。ありふれた和室のようだが、誰かが生活している雰囲気がまるでない。空き家の座敷だろうか、と考えながら、あたしは部屋を見回し続け——そして、ある一点を見るのと同時に、はっ、と目を見開いていた。

床の間の手前に、赤と白の子どもが一人、立っていた。

いつからそこにいたのだろうか。おかっぱにした髪は毒々しいほどに赤く、顔と体は真っ白だ。何をしているのか、ゆらゆらと体を揺らすその姿を見た瞬間、あれだ、とあたしは心の中で叫んでいた。

座敷わらしだ。

——ずっと座敷に居続けるパターンと、土間あたりをうろつくパターンに分けられるんですよね。座敷にいるのは赤とか白とか綺麗な色で、ランクが高くて幸せを授けてくれて、姿を見せるのは家から去る時。

数日前に先輩に問われて語った言葉を回想しつつ、あたしはそれを——座敷わらしを注視し続ける。良い妖怪と知ってはいても、薄暗い中に立つ赤と白の子どもはかなり不気味で、冷や汗がどっと噴き出した。

座敷わらしの背丈は最初は六十センチほどだったが、見ている間にじわじわと大きくなっていき、やがて一・五倍近いサイズにまで膨らんだ。……え、な、何これ？　幻覚？　いや、でも、周りの風景はちゃんと見えてるし……。

目を逸らしたい気持ちに耐えながら、あたしは大きく息を吸った。

冷静になりなさい湯ノ山礼音。こういう時こそ平常心だ！　汗と冷や汗でぐしょぐしょの体をどうにか落ち着かせると、起き上がれないまま、座敷わらしを再度見据える。紅白の童子はやはり何度見ても奇妙で異様だったが——って。

ちょっと待て。

「座敷わらしじゃ……ない？」

激しい呼吸とともに、あたしはぼそりと自問した。

薄暗い上に意識が朦朧としているせいで子どもに見えてしまったが、これは違う。座敷わらしなんかじゃない。と言うか人ですらない！　そう、これは——。

「き……茸……？」

頭の中に浮かんだ答を口に出しつつ、あたしは再度それを見据えた。

白い茎に赤い笠。うん、間違いない。これは確かに大きな茸だ。

赤い笠はおかっぱ頭そっくりだし、太い茎の部分には首や腰を思わせるくびれがある。人の形に似ている上、意識が朦朧としていたせいで、子どもに見えてしまっただけだ。

こんな茸があるなんて、と驚いている間にも、座敷わらしこと巨大茸の成長は続いている。程なくして赤白の茸は一メートル強のサイズにまで育ったが、ふいに傘の部分から白い粉を撒き散らし——そして、溶けて崩れてしまった。

飛び散った粉末を吸った瞬間、反射的に瞼が閉じ、意識がふわりと遠のきかける。眠ってたまるか。歯を食いしばって目を開ければ、もう茸の姿はなかった。一瞬のうちに、赤い傘も白く太い茎も、全てが液化してしまったらしい。

目が覚めたら見知らぬ座敷で、体は動かず頭はぼんやりしており、座敷わらしと思ったら茸で、その茸は急激に育ってすぐ溶けて消える。意外な展開の連続に、状況把握が追いつかない。せめて何がどうなっているのかだけでも知りたくてもう一度あたりを見てみると、畳に白い菌糸が張っていることに気が付いた。

網目のように広がった菌糸のところどころに、数ミリサイズの小さな白い茸が生えている。これが育つと今の座敷わらしになるのだろうか。ぼんやりした頭でそんなことを思った直後、あたしは「あれ」と声を漏らしていた。

「これ……どこかで見たことあるような……？」

「そりゃそうでしょうよ」

明るい声がふいに耳に届く。反射的にそちらに目を向ければ、いつの間にか開いていた襖を背景に、トレンチコートの女性が立っていた。

コートの下は黒のブラウスで、額にはサングラス。間違いなく杉比良だ。護身用なのだろう、太いベルトに差した電磁警棒を撫でながら、あたしを攫った怪談ライターは「おはよ」と笑った。

「一晩くらい眠り続けると思ってたんだけど、意外と早いお目覚めだったわね。大した精神力だこと。鍛えてる子は耐性あるのかな」

「これは……一体……！」

これは一体どういうことなんですか、ここはどこですか、あたしに何をしてこれからどうする気なんですか！　聞きたいことは山ほどあるが、舌が回らない。もどかしさに歯噛みするあたしを見下ろすと、杉比良は丸椅子を引き寄せて座った。

「麻痺しててまともに喋れないんでしょ？　分かってるから無理しなさんな。あ、後遺症が残るタイプの薬は使ってないから安心してね」

「安心できるわけ、ないでしょう……！」

気さくに微笑む杉比良を、あたしはキッと睨み返す。汗だくの下着姿で仰向けになっているところを見下ろされるのは、相手が同性でもかなり不快だったが、上着を引き寄せることすらできない。ぜえぜえと荒れる呼吸に合わせて上下する胸を見て、杉比良が「セクシーね」とニヤついた。

「でもさあ、タンクトップの下に付けるなら、ストラップレスの方が良くない？　そのブラ、見せるような肩紐（かたひも）じゃないし、ショーツにももうちょい色気が欲しいよね。地味なボクサーパンツってどうかと思うなあ」

「大きなお世話です……！　それより、ここは……」

「ここはどこかって？　その他にも疑問はわんさかあるって顔ね、それは」

あたしの言葉を遮るように、明るい声が割り込んだ。腕を組んで再度あたしを見下ろした杉比良は、よし、とうなずき、口を開く。

「巻き込んじゃった以上は仕方ないし、毒を食らわば皿までだ。一通り教えてやるから聞きなさい。まず、今の居場所だけど、さっきの居酒屋近くの空き家です。ほら、少子高齢化やら不況やらで、地方って空き家と借家だらけでしょ？　物件によってはかなり安く借りられるのよ。貧乏ライター的には辛い出費ではあるけどさ、神籬村から連れてきた座敷わらしは、こういう感じの、通気性が悪くて日当たりの良くない室内じゃないと育たないからね」

そう言って杉比良が見つめた先では、また新たな座敷わらしが――つまり、赤と白の茸が、むくむくと成長を始めていた。茸と知ってはいても一瞬子どもに見えてしまい、背筋が震える。と言うか、今、杉比良はこれを何て呼んだ……？

「今、この茸のこと、座敷わらしって言いました……よね……？」

「言ったよ。だってこの茸、神籬村の座敷わらしの正体だもん」

杉比良がけろりと首を縦に振る。丸椅子から立ち上がった杉比良は、成長を続ける茸に歩み寄り、赤い笠を優しく撫でた。白い粉がふわりと舞う中、解説は続く。

「絶対城くんだっけ？　あの妖怪博士の言葉を借りると、移動するノタバリコ型とは違う、定位置型の座敷わらしの正体がこれ。神籬村の座敷わらしの都市伝説は、これを見ちゃった誰かが伝えたものなんでしょうね。分かってると思うけど、子どもでも人間でもなくて、生物学的には立派な菌類。とりあえずワラシタケって呼んでるわ」

「ワラシタケ……ですか？」

「そ。ベニカサダケの変異体らしいけど、名前とか種類とかはぶっちゃけどうでもいいのよ。大事なのは、この子達が幸せをもたらしてくれること。礼音ちゃんも知ってる、スカイJって形でね」

「え？　す、スカイJ……？」

座敷わらしだと思ったら茸で、その茸は神籬村の座敷わらしの正体で、大学周辺で流行っているドラッグとも関係が……？　朦朧としている頭では理解が追いつかず、オウム返しに問うのが精一杯だ。それでもあたしの困惑は杉比良に伝わったようで、トレンチコートの怪談ライターは自慢げにうなずき、そしてふいに顔を顰めた。
「それにしても、よく意識が持つもんだ。何その精神力？　でも、起きられないって
ことは一応効いてはいるのよね……。ふわふわして体が熱くて気持ち良かったでし
ょ？　あ、見れば分かるから返事は結構。不自由な体捻くって脱いじゃうくらいだも
んねえ。よっぽど火照ったわけだ」
　そう言うと、杉比良はあたしが投げ捨てたタンクトップを拾い上げ、開いた襖から
隣の部屋だか廊下だかへと放り投げてしまった。もしあたしが起き上がっても、服が
なければ逃げられないとでも思っているのだろう。革ジャンとショートパンツも同じ
ように薄暗がりへと放った後、にやついた顔が再びこちらを見下ろす。
「で、その熱と麻痺の原因は何かと言うと、この茸なんだよね。粉末状にしたワラシ
タケ、またの名をスカイJを一気に摂取するとそうなるのね。眠らせて連れ帰った後、
多めに飲ませておいたから、もう全然動けないでしょ？」
「えっ？　茸が……座敷わらしが、スカイJ……？」
「そう言ってるじゃん。ワラシタケは人を気持ちよくさせる成分を精製し、しかもそ
れを常に空気中に撒き散らしちゃうナイスな茸なの。主な繁殖場所は日当たりの悪い
部屋の畳の中で、活性化するのは日没後。ほら、座敷わらしは金縛りを掛けたり、く

すぐったり、乗っかったりしてくるって話があったでしょ？　これって全部マジックマッシュルーム初心者が見がちな幻覚なのよ。時に、つかぬ事を聞くけれど」

「な……何です？」

「神籠村に入った時、ふわっと気持ちが良くなったでしょ。どう？」

「え。あ、それは……！」

問いかけの意図を察してしまい、あたしはハッと息を呑んだ。

神籠村にいる間、確かに気分はずっと良かった。田舎で空気が美味しいからだと思っていたけど、もしかして、まさか、あれは——！

「その茸のせい……？」

「正ッ解！　礼音ちゃん達は気付かなかったかもだけど、その点私はアングラ系のプロだから、初めてあの村を訪れた瞬間ピンと来た。あの感覚って、いわゆるトリップに近いのよ。調べてみれば案の定、村中の廃屋の腐った畳や床下にワラシタケが繁殖して、快楽成分で村全体を覆ってた。つまり、座敷わらしのもたらしてくれる幸せの正体は、怪しい茸の怪しい成分だったってわけ！　どうよこれ？　驚いた？」

「そ……そんな……！」

「うん、いいリアクションをありがとう。伝わったわよ。ちなみに、村に泊まった夜に礼音ちゃんが寝汗酷くて起きてたのは、あの時敷いてた畳の中に、活性中のワラシタケがびっしり繁殖してたから。慣れない人が多めに吸うとああなるのよ」

気持ち良かったでしょ？　ふざけた口調で問いかけながら、杉比良があたしの頭の近くに屈み込んだ。畳の中に覗く菌糸を指差し、自慢げな声で言葉を重ねる。

「ほら、これが成長中のワラシタケ。動物で言えば幼体ってとこね。快感物質を撒きながら菌糸を伸ばして養分を集め、ある程度栄養を溜めこむと、一晩どころか数時間の間に急成長して自壊する。極端なヒトヨタケみたいなもんね。あ、ヒトヨタケって知ってるかしら？　育ち切った時点で溶けて、一晩のうちに消えちゃうという気の早い茸があるのよ。使いどころのない知識だけど覚えておいて損はない」

べらべらと語りながら、杉比良が丸椅子に戻って腰を下ろす。さっきまで成長し続けていたワラシタケは、もう育ち切ったのか、笠の部分から溶け始めている。その不気味で儚い姿を一瞥すると、杉比良は寂しげに溜息を落とした。

「幸せをもたらす座敷わらしが実際に姿を見せるのは、その家から去る時だけだ——って有名な話があるでしょ。あの設定って、ワラシタケのこの生態が元ネタなんじゃないかなーって思うのよ。家の中にワラシタケがある時はハッピーな気分でいられたけど、育ち切って自壊しちゃうと快楽成分は味わえなくなるからさ。……ん、待てよ。

ということは、神籬村だけじゃなくて、全国チェーンの座敷わらしもこのワラシタケ由来なのかも？　そう言えば、座敷わらしの伝承って、妙に茸が絡むもんね」

「いや、知りませんが……」

「ありゃ、絶対城くんの子分の割には無知なんだ。私も村から帰った後に調べて知ったんだけどさ、座敷わらしが去った後は囲炉裏から変な茸が生えるって話があるのよ。あと、押入れから細い手が伸びてくる細手長手って気味悪い妖怪がいて、これがなぜか座敷わらし扱い」

「あ。それは、知ってます……」

「ああ、これは絶対城くんが言ってたっけ。あの設定は意味不明だったけどさ、細手長手の正体がそういう茸で、座敷わらしってカテゴリーが家の中の茸を指すと考えたら筋は通るじゃん。座敷わらしの伝承が元々あって、それに茸中毒者が乗っかったと思ってたけど、案外そうじゃないのかも。今は神籬村でしか見ないワラシタケも昔はもっと広くに生えててさ、素敵な茸が生えた家の人が、秘密を守るために『座敷わらし』って隠語を作ったとしたら……って、まあ、そういう難しい話はどうでもいいか！　大事なのは商品価値とお金だ、うん」

推理が面倒になったのか飽きたのか、杉比良は座敷わらし伝承論をいきなり断ち切り、話題を変えてしまった。聞き手が絶対城先輩だったら全力で抗議している場面だが、あいにくあたしは先輩じゃないし、しかも五体が麻痺中だ。またも朦朧としてきた意識を必死に保っていると、「金は大事よ」と念押しする声が耳に届いた。

「そういう理由でもなけりゃ、あんな辺鄙なところまで行かないし。そもそも私が神籬村に行ったのも、ワラシタケを手に入れるためだったのね、実は。何回か通ってたんだけど、誰かに出くわしたのはあの時が初めてでさ。礼音ちゃん達が来た時はもう驚いた驚いた。ワラシタケ目当てじゃないと分かって安心した後、移動型の座敷わらしが出て、その正体が蟻だったりもしたから、また驚いた」

「じゃ、じゃあ……杉比良さんは、ずっと、それを栽培して……？」

「ま、この茸のことを知ったのが去年だから、それからボチボチね。ワラシタケって、胞子から育てると気持ち良い成分を出さないのよ。あの村で芽吹いてある程度育たないとスカイJ作ってくれないもんだから、定期的に取りに行くしかないわけ」

「そうなんですか？　どうして……？」

「こっちが知りたいわい。幸い、半根無し草のライター稼業だから、時間は取れるし市場も選べるし、その手の商品が好きな連中との繋がりもある。伝聞情報っぽく話を広めた上で、ある時は都会の疲れたリーマンに、またある時は田舎のヤンキーに、そして最近は地方都市の学生に、お手軽安全な快楽を販売してきたのですよ。ちょっと前まで使ってた廃工場の祠って売り場も、都市伝説っぽくて素敵でしょ？　あんな売り方だと持ち逃げされるかなーって思ったんだけど、みんな意外と真面目にお金払うのよ。日本人ってほんと律儀よね」

「何を抜け抜けと……！　そんな危ないもの、売るなんて……」

「危なくないんだってば。自分で試して安全性は確認済み。効果は一過性で中毒性も後遺症もないいんだから、そこらのドラッグよりよっぽどセーフティーよ」

けろりとした軽い口調が、薄暗い部屋に響く。何でそこまで開き直れるんだ、この人は。憤りよりも困惑を覚えてキッと睨めば、杉比良はやれやれと首を振った。

「そう怖い顔しなさんな。私はただ茸を育てて粉にして売ってるだけなんだから。田舎の道端によくある農作物の無人販売所と一緒。そもそも、ワラシタケは規制されてない茸なんだから、売っちゃいけない道理はないでしょう？」

「それは……でも、そんなの、屁理屈じゃないですか」

「まあ確かに。既知の危険な茸の規制自体が全然進んでないのに、未発見の種までお上の手が回るわけがないもんね。でもまあ、世の中は理屈と屁理屈で回ってるわけでさ。で、私はその隙間を突いて幸せを提供してるという次第です」

「幸せって……こんなのは、幸せじゃないですよ……！　偽物です！」

「うん、確かにまがい物。でもだから何？　いいじゃん別に」

　あたしを見返した杉比良が、悪びれない顔で即答する。あまりにあっさりした反論に、あたしは言葉を失った。その隙を突くように、杉比良は言葉をさらに重ねた。

「幸も不幸も突き詰めちゃえば気の持ちようでしょ？　薬でラリって楽しんで、それの何が悪いのさ。それとも何？　礼音ちゃんは、娯楽もなければ夢もなかった貧しい山村の人達が座敷わらしの快楽に頼ったことまで否定する気？」

「え。そ——そんなことを言ったわけでは……」

「つもりはなくてもそうなるの。何にせよ、私はやめるつもりはないからね。以上」

　自分に言い聞かせるようにきっぱりとうなずき、杉比良は小さく首を傾げてあたしを見た。「質問は？」とでも言いたいらしい。あたしは仰向けに転がったままその顔を見返した。肝心のことがまだ聞けていない。

「あたしを……どうする気、です……？」

「あー、それなんだよねえ。どうしたもんだと思う？」

「……は？」

「いや、だってさあ。私が神籬村にいたことを知ってるの、礼音ちゃんご一行だけでしょ？　そんな相手からメールで問い合わせが来たもんだからさ、バレた！　と思い込んで薬盛って攫っちゃったんだけど、その後考えてなくてさあ。どうしようね」

あくまでフランクなその問いかけを受け、あたしはハッと息を呑んだ。真怪「覚」の力のせいか、杉比良の言葉が脅しやからかいではなく本心なのが分かってしまい、冷や汗が背中に滲み出す。

覚悟を決め、ある意味信念を持って悪事を働く連中は今まで何人も見てきが、この人は――この杉比良という怪談ライターは、彼らや彼女らとは違う意味で危ないのだとあたしは悟った。要領こそ悪くないが、基本的に軽薄で適当で行き当たりばったりで……そして、そこが怖いのだ。

――覚悟がない相手こそ、何をするか分からないから恐ろしいんだよ。

以前、合気道教室で師範が口にしていた言葉が脳裏に蘇る。あれはこういうことかと納得しながら、あたしは呼吸を整え始めた。呑気に倒れている場合ではなさそうだ。

一方、杉比良は、そんなあたしの変化に気付いているのかいないのか、「そうだ！」と声をあげて立ち上がった。

「礼音ちゃん、私と組まない？　乗りかかった船ってことでさ。大学内に協力者がいると商売しやすいし」

「……え？　それ、本気で……言ってるっぽい、ですね」

「もち。もっと手広くやりたいんだけど一人では動ける範囲に限界があるし、ユーザーも信用できないしね。分け前はちゃんと払うから、一緒に幸せになろうよ。欲しいならスカイJを格安で――」

「断ります……！」

必死に放った一言が、杉比良の勧誘をばっさり断ち切った。ドラッグの効果が薄れつつあるのか――そうでありますように――予想以上にきっぱりとした声が出た。その語気に驚いたのか、きょとんと絶句する杉比良を見上げ、あたしは続ける。

「座敷わらしを伝えた昔の人達は、ワラシタケの出す成分に、頼っていたかもしれない。そのことまでは、あたしは否定しません。……と言うか、できません。でも……その成分を、今、売りさばくのは……やっぱり、良くないと思います」

途切れ途切れに言葉を紡ぎながら、徐々に呼吸を整える。ワラシタケの放出する快楽成分を深く吸い込んだら、また昏睡しかねない。息はあくまで浅く、少なく！　自分に言い聞かせながら、あたしは五体の状態を確かめた。

杉比良の言うように幸と不幸が気の持ちようだとしたら、ドラッグの快感に溺れないよう自分を保つことだって、意思の力で可能なはず。依然として体幹の力は抜けたままで、腰と背中が多少動く程度だが、無意識のうちに服を脱げたんだから、何もできないわけではない――と思いたい！

「杉比良さんの言ってることは、詭弁です……！　他人を利用して、お金を巻き上げる行為を、ただ、正当化してるだけじゃないですか……！」

「……礼音ちゃん。それ、本気で言ってる？」

杉比良の顔色がさっと変わった。失望したのだろう、一瞬目を細めた杉比良は、残念そうに肩をすくめると、コートのポケットから小さなビニール袋の包みを取り出した。資料室で見たのと同じ小袋だ。

「スカイJ……！」

「そ。そこまで否定されたんじゃ、お姉さんも実力を行使しますよ、ってこと。とりあえず、もうしばらく……そうね。具体的には、私に従う気になるまで、ここでラリってってくれるかな」

ドラッグの包みを振りながら、杉比良が歩み寄ってくる。無慈悲な視線に見下ろされ、思わず絶対城先輩に助けを求めそうになったが、あたしはその悲鳴を口から出る前に飲み込んだ。

覚悟を決めろ、湯ノ山礼音。こんなところに都合良く先輩が駆けつけてくれるはずもないし、ぶっちゃけた話、こういう物理的なピンチでは、あの偏屈で華奢な妖怪学徒は——失礼な言い方だとは思うのだけど——役に立ってはくれないのだ。

であれば、結局のところ、頼れるのは自分だけ。幸い、体は全く動かないわけではなく、杉比良には武器もあるけど隙もある。

ならばどうする？　答は簡単、あとはそれを実行できるかどうかの問題だ。呼吸を限界まで整えろ。五体の可動範囲を把握しろ。備えろ。構えろ。機会を逃すな！

心の中で響く声に促され、あたしはまっすぐ杉比良を見返す。その態度が面白かったのか、杉比良が「どうせなら、もっとセクシーに怖がりなよ」と苦笑し、あたしの枕元に屈み込んだ——その瞬間。

あたしは背を一気にたわめ、ブリッジの要領で腰のバネを利用し、跳ね起きた。

「へっ？」

「すみません！」

啞然(あぜん)とした杉比良にとっさに謝りながら、立ち上がった勢いのまま、その顎に右手の拳を叩き込む。がっ、と声にならない短い悲鳴。全身を覆っていた汗が飛び散る中、杉比良は大きくのけぞった。

腰が入っていないので、今の奇襲は大したダメージにはならない。あたしが立っていられるのもほぼ一瞬だろうが――だが、それで充分だった。

のけぞった杉比良が自然に伸ばした右腕を、くずおれる前にすかさず掴み、辛うじて動く手足の先端だけで姿勢をキープ。自分の体が崩れ落ちる力を利用し、掴んだ腕ごと上体を捻れば、バランスを崩された杉比良の体は勢いよく宙を舞った。

「え。えっ？　何これ――？」

「加減できないんで痛みます、ごめんなさい！」

派手に一回転中の杉比良に謝りながら、あたしは両手に力を込める。左手で左の肩を、右手で右の肘関節を極めれば、ごきり、と鈍い感触が伝わってきた。

「ぎゃあああああああごべっ」

中空で関節を二つ同時に外される苦痛に悲鳴をあげながら、杉比良は畳の上に落下した。どん、と響く鈍い音。腕をやられているから、体を起こすことも不可能だ。腹這いになった杉比良は、震える瞳を自分の肩越しにあたしに向けた。

「う、嘘、どうして？　ろくに動けないし、力も入らないはずなのに！」

「合気道は、元来、体力を前提としない技術ですから……！」

ふらつく体をどうにか直立させながら、あたしは荒い息を吐き出した。

誤解されがちだが、合気道はスポーツではなくノールールの護身術だ。どんな条件でも、かつ、力を込めずに戦えるように工夫された技術体系である以上、少しでも体が動けば戦いようはあるのだ。

……とは言っても、怪しい茸から作ったドラッグで麻痺した状態での戦い方は、さすがに習ったことはない。そういう状況にならないように気を付けるべきなのであって、一服盛られてからでは遅いのだ。反省しなさい湯ノ山礼音。

ぶっつけ本番でどうにか勝てたことへの感慨と、そして、あっけなく捕まった自分の不甲斐なさと。二つの感情を抱えたまま、あたしは大きく息を吐き、うつ伏せの杉比良に向かって無言で一礼した。

礼を終えるのと同時に、ギリギリだった集中力がぷつんと途切れた。

意識が再び朦朧とし始め、どうにか立っていた体がぐらりと揺れて後ろへ倒れる。力は既に使い果たしているから、立ち直るどころか、受け身を取ることすら不可能だ。故にあたしは、糸の切れた操り人形のように、無様に後頭部を打ちつける——と、そう覚悟していたのだが。

「……え？」

困惑の声が思わず漏れた。

後ろから伸びてきた二本の腕が、倒れるあたしをそっと抱き留めてくれたのだ。

黒く柔らかい布地に覆われた細い腕が、不健康なほどに白く長い指が、剝き出しの肩と腰とを支えているのが分かる。驚くあたしの頭上から、聞き慣れたあの声が投げかけられる。

「お前はまったく大した奴だな。何でこの状態で勝てるんだ？」

バリトンの効いたその嘆息に引かれるように、あたしは視線を真上に向けた。ほとんど残っていない力を振り絞って瞼を開けば、色白の見慣れた仏頂面が、目と鼻の先からまっすぐあたしを見下ろしていた。

「絶対城……先……輩？」

「他の誰かに見えるのか？　先に言っておくが、薬の幻覚ではないぞ。本物だ」

あたしを抱きかかえたまま、絶対城先輩がいつものようにドライに告げる。と、そこでようやく腕の中の相手が下着姿だということに思い至ったのか、色白の顔が薄赤く染まり、長い前髪の下の視線がそっと逸れた。どうするのかと思っていると、先輩はあたしを支えたまま器用に羽織を脱ぎ、汗まみれの体を包んでくれた。

「裾の長さが足りないが……今は、これで我慢しろ」

恥ずかしげな小声が耳に届き、長い指があたしの肩をそっと撫でた。羽織の上品な肌触りや意外に広いワイシャツの胸板の頼もしさに、緊張がふっと緩み、安心感が一気にこみ上げてくる。どうやらあたし、思っていたより気を張っていたらしい。ありがとうございます、とつぶやいたあたしの目元には、涙の粒が浮かんでいた。

「でも、駄目ですよ、こんな……。大事な羽織が、汗で汚れちゃいます」

「くだらないことを気にするな。洗えばいいだけの話だ」

あたしの配慮を笑い飛ばすように、支える手に力が籠もる。ごしごしと羽織であたしの体を拭ってくれる感触に、またも涙が滲みそうになった。と言うか滲んだ。

ありがとうございます。来てくれてほんとに嬉しいです。そう繰り返したいが、ドラッグのせいでうまく声が出ず、笑いかけるのが限界だ。というわけで先輩に体を預けて力のない笑みを浮かべていると、杉比良の怨めしい声が割り込んできた。

「ヒーロー映画か時代劇かってくらいの、絶妙なタイミングの登場でしたわね……。おのれ絶対城くん、どうやってこの場所を嗅ぎつけやがった！」

「そういうお前はいかにも三下の悪役っぽいな。主犯なんだから威厳を見せろ」

うつ伏せに転がったままの杉比良を、冷たい目線がドライに見下ろした。言われてみれば、先輩がどうしてここに来られたかはあたしも謎だ。どんな手品ですか、と視線で問えば、落ち着いた声が返ってきた。

「去年の春の偽幽霊事件で関わったユーレイの友人――確か、波平友香と言ったか？

彼女から俺に連絡があったんだ。お前が居酒屋で酔い潰れていた、とな」

「ゆ、友香が……？　あの子、先輩の連絡先知ってたんですか？」

「妖怪学を修める上で、情報網はできるかぎり広い方がいい。知り合った相手とは基本的に連絡先を交換しているし、彼女だって例外ではない。実際に通知が来たのは初めてだがな。彼女が言うには、全く酒を飲まないと公言している知人が、待ち合わせ相手と同席してものの十分ほどで潰れて担ぎ出されたから、おかしいと思ったんだそうだ。あの子はアルコールが入ると頭痛だか耳鳴りだかで苦しむ体質なのに、ぐでっとなってるのも怪しいし、何か変なものでも飲まされたんじゃないか、と」

「畜生、そこで怪しまれたわけか……！　礼音ちゃんの知り合いがあの店にいるとは想像してなかった――って、それで何で絶対城くんがこの場所に？」

「最後まで聞け。友人が意識を失って担いで行かれるのを見て、波平は一声掛けようと思って後を追ったらしいんだ。大丈夫か、そいつの下宿は知ってるから連れて帰ろうか、と。だが、ユーレイを担いだ女は――お前のことだな、杉比良――妙にピリピリした雰囲気で、声を掛けるタイミングが見つからず、そうこうしているうちにユーレイは飲み屋街にほど近い空き家に引っ張り込まれてしまった」

「え。じゃあ、友香、ここまで付いてきてくれてたんですか……？」

「らしいぞ。その時は、ユーレイにはよく分からない知り合いも多いし、そういうこともあるかと思って飲み会に戻ったそうだが、二次会を終えて帰宅した後、やっぱりおかしい気がしてきたらしくてな。ユーレイに電話しても出ないのも怪しいし、俺に連絡してきたわけだ。いい知人を持ったな、ユーレイ」

「……はい！」

先輩の腕に抱かれたまま、あたしは強くうなずいた。

ありがとう、の五文字が胸の中にしっかり浮かぶ。……まあ、どうせなら空き家に連れ込まれた時点で通報してほしかったし、何で二次会まで行っちゃうんだ！　という気はしないでもないが、でも嬉しいことには変わりない。というわけで友人に感謝していると、先輩は小さく肩をすくめた。

「俺は別にユーレイの保護者でも何でもないのに、なぜ俺に伝えてくるんだとは思ったが、『あれは絶対に怪しいです』とまで言われて無視するのも寝覚めが悪い。仕方なく教えられた住所の空き家に来てみれば、神籬村で見かけた杉比良の車が停まっていたから、大体の状況を察したわけだ。壁に耳を付ければ聞き覚えのある声も聞こえたし、とりあえず入ってみるかと」

「とりあえずで入ってきたの？　てか、どうやって？　鍵はちゃんと掛けてたよ」

「ああ。ガラス切りを使って、洗面所の窓からちょっとな」

全く悪びれることなく言い放ち、先輩はあたしを抱える右手に目を向けた。侵入した時に引っかけたのか、右手の甲が少し擦り剝けて赤くなっている。その傷を見るのと同時に、あたしの胸は嬉しさと申し訳なさで一杯になった。

「ありがとうございます、すみません……！」

「謝るな。あと、礼ならお前の友人に言え」

「それはもう！　でも、先輩だって、こうして来てくれたんですから、お礼を言うのは当然です！　すごく嬉しかった……って、どうしたんです、怪訝な顔して」

「いや、『来てくれた』というのはちょっと違うと思ってな……。黙っておくのもすっきりしないから言ってしまうが、正しくは『来ていた』なんだ」

「……はい？　ええと、どういう意味です？」

「実はな。俺は、結構前から隣の部屋にいたんだ」

言いづらそうに視線を逸らし、先輩が抑えた声を漏らす。すまん、と小さな詫びを挟むと、ワイシャツ姿の妖怪学徒は気まずそうにぼそぼそと続けた。

「ユーレイの姿は忍び込んですぐに発見できた。急いで助けて帰るつもりだったが、そこに杉比良がやってきて座敷わらしとワラシタケの話を始めたろう？　妖怪学の徒として聞き逃せない話だったので、俺は襖の陰で耳をそばだて——」

「ま、まさか、ひとしきり聞き入ってたってことですか？　後輩がすぐそばでドラッグ盛られて倒れて下着でハアハア言ってるのに？」

「……まあ、そうなるな。言っておくが、命に係わるような事態だったり、相手が男だった場合は即座に助けていたぞ？　お前はどうせ無事だろうと思ったからこそ」

「どうせ無事って……それはない！　それはないですよ先輩……！」

「だから謝っているんだ。それに実際無事だったろうが」

「ぐっ、い、言い返せない……！　で、ですが！　でもそれはあんまり……！」

人を何だと思ってるんですか。こっちがどれだけ心細かったか！　カッときたので先輩の腕を払いのけて立ち上がろうとしたが、まだスカイJの効果が抜けきっていないので足腰に力が入らない。仕方なく腕に抱かれたままぷんぷん怒っていると、うつ伏せ状態の杉比良が呆れかえった声を発した。

「おーおー、見せつけてくれること。つーかさ、そんな危ない子、ちゃんと管理しときなさいよね……！　あいたたたたた……」

「むしろ、その程度で済んだことを感謝するんだな。万全の状態のこいつはもっと危ないし、もしもこいつに手を出していたら、俺はお前をどうしていたか、はっきり言って見当も付かん」

「え。な、何？　私を脅す気……？」

「さあな。それはそうと、お前の語った話に一つ間違っている箇所があったので訂正させてほしい。お前、スカイＪの効果は一過性で中毒性も後遺症もないと言っていたが、違うぞ。スカイＪは有毒だ」

「……え？」

外された肩越しにこちらを見上げる杉比良が、きょとんと目を丸くする。先輩はそれを冷たく見下ろすと、あたしをしっかりと抱え直して言った。

「ここに来る途中、明人から連絡があった。スカイＪの成分分析の結果、ごくごく微量のアクロメリン酸類が検出されたそうだ」

「アクロメリン……？　ちょっと待ってよ！　それって確か、毒茸の」

「さすがに知っていたか。そう、毒茸の一種、ドクササコに含まれる有害成分だ」

「どっ、毒？　あたし、大丈夫なんですよね……？　死にませんよね？」

「安心しろ、ユーレイ。致死量を摂取したのならとっくにお前の意識も命もなくなっている。スカイＪの――即ち、杉比良が言うところのワラシタケの場合は、含有量が極めて少ないため、多少口に入れた程度で効果が現れることはないが……だが、多量を一気に摂取した場合は別。麻薬成分との相乗効果により、完全に意識を失った後、昏睡したまま全身の筋肉が麻痺して死に至るそうだ。こんなものを売りさばいていたことが公になったら、杉比良、お前の社会的生命は終わりだな。まあ、ドラッグを密売していた時点で充分に問題なんだが」

「う、嘘……！　そんなこと書いてなかったし！」

先輩のドライな宣告に、青ざめた杉比良が悲痛な声を発した。その叫び声に、先輩がすかさず反応する。

「『書いてなかった』――だと？　どういうことだ？　いや、それ以前にだ。杉比良湖奈、そもそもお前はなぜ座敷わらしの正体が茸だということを知っていた？」

先輩の語気が強まり、同時に、あたしを抱く手にぎゅっと力が籠もっていく。鋭い眼光で杉比良を射竦めながら、先輩はさらに疑問を投げかけ続けた。

「神籬村の屋敷だけに繁殖する茸の成分が麻薬になるという、その情報をお前はどこから手に入れたんだ？　『書いてなかった』ということは、何かで読んだんだな。ワラシタケの危険性は、真っ当な設備で調べればすぐ分かる。その致死性を隠したまま、お前に神籬村の茸が金になると教えた奴がいたというのか？」

「……ふむ。なるほどね。君はそこまでは知らないわけか。情報戦はまたも私の勝ちのようね。それどころじゃないと知りつつ、ちょっと優越感」

先輩を見上げた杉比良が、肩をすくめてニヤリと笑う。肩と腕の痛みに耐えて不敵な笑みを浮かべたまま、トレンチコートの怪談ライターは先を続けた。

「ならさ、取引しようじゃないの。教えてあげる代わりに、私を見逃してほしい」

「え？　いや、そんなの――」

「いいだろう。ただし条件がある。スカイJの販売停止と、俺の求める情報を全て提供すること」

「乗った！　どのみち、毒性のあるドラッグなんか商品にならないしね！」

そんなの無理ですとあたしが言うより早く、先輩が条件を持ち出し、杉比良が速攻で食い付いた。いやいや、駄目ですよ先輩！　こういう人はちゃんと通報しないと！

あたしは食い下がろうとしたのだが、そこまで口が回らない。あうあうと息を吐く腕の中のあたしを、先輩は「落ち着け」と優しく叩き、そして見下ろした。

「こいつを警察に突き出したところで、得られるものはくだらない満足感だけだろうが。お前の目的はドラッグの流通を止めて織口に恩を売ることで、スカイJの製造販売は杉比良の個人営業だったわけだから、売人が販売を止めると明言した時点で上がりだ。そうだな？」

「別に、織口先生に恩を売るつもりはなかったんですが……」

「ならば俺が勝手に売っておく」

ドライな声がしれっと告げる。そう言えばこういう人でしたねと呆れていると、先輩は前髪の下の冷え切った目を、足下に転がる杉比良に向けた。

「では早速教えてもらおうか。お前の情報源はどこだ」

「え？　今？　普通はほら、一旦逃がしてさあ、ほとぼりを冷ましてから……」

「知るか。答えるか通報か二つに一つだ。なお、二秒以内に言わないのなら俺はお前の外れた肩を全力で踏む」

「はい？　ちょ、わ、待って！　分かったから！　言うから！　ね？」

無造作に片足を上げた先輩を前に、杉比良がのたうちながら絶叫する。倒れたままの杉比良は「通報されてた方がマシだったかも……」とぼやくと、観念しながら口を開いた。

「ワラシタケのネタ元は、どっかの大学だか研究機関が出してた学会誌よ。私達は新しい研究からネタを拾うことも多いから、そういうところもチェックしてるのね」

「学会誌？　その現物はお前が持っているんだな。出せ。今すぐ」

「ここにはないから後で送るわよ！　人使いの荒い兄ちゃんだこと」

「余計な口を叩くな。それには何が書いてあった？」

「廃村になった神籬村にはこういう素敵なキノコがあるよーってレポートがね。毒性についいては全然言及されてなかったわ。もし隠してたんなら……つーか、今思えば隠してたんでしょうね。とんでもない悪党だ」

「ふむ。その悪党の――レポートの作者の名前は覚えているか？」

「それはもう。だって、スカイJって名前はそこから取って付けたんだもん」

ふてくされながら、杉比良がよく分からないことを言った。どういう意味だろう？

先輩と顔を見合わせたあたしの耳に、杉比良の自慢げな声が届く。

「報告者の名前はね、空木淳郎よ」

「……空木、淳郎？」

「そ。苗字の最初の字の『空』からスカイ、『淳郎』の頭文字からJを取って、二つ合わせてスカイJってわけ。我ながら偏差値低いネーミングだけど――って、ど、どうしたの？　急に固まっちゃって……？」

誇らしげに解説していた杉比良が、不審そうに首を傾げる。その疑問はもっともだったが、あたし達はそれどころではなかった。空木淳郎って、その名前は……。

「先輩。その、空木淳郎さんって確か、紫さんの昔の恋人……？」

「ああ。環境破壊を憂え、人間社会に絶望して、単身で神籬村に移り住んだ優秀な樹木医。あの大クスノキを治療した後、消息を絶っている人物だ……！」

「で、ですよね……？　でも、どうして——」

どうしてその人の名前が、こんなところで出てくるんです？

理解が全く追いつかず、あたしは困惑から逃れるように先輩を見上げたが、答は何も返ってこない。息苦しい沈黙の中、むしろ聞きたいのは自分の方だと言わんばかりに、先輩はあたしを抱きかかえる手にいっそう力を籠めたのだった。

# 五章　ナンジャモンジャ

全国各地で用いられた、種類の分からない怪しい大木を指す呼び名。現在ではヒトツバタゴ(モクセイ科の落葉広葉樹)の異名であるが、ナンジャモンジャと呼ばれた樹の種類は幅広い。見る度に枝葉の数が違う、妖怪の現れる空間との境界を示す、伐ろうとすると祟る等、伝説や怪異譚とセットになって伝わっている例も多い。

「今日はまた、随分と気合が入っていたね」

市民スポーツセンターで毎週土曜の夜に開かれる、合気道教室にて。

いつものように練習を終え、道場の掃除に掛かろうとしたあたしの耳に、気遣うような優しい声が届いた。振り向けば、袴姿の精悍な老年男性が柔和な笑みを浮かべている。この教室の指導者である春田師範だ。ああ、やっぱりそう見えてたか。

「わ、分かりました……？」

「それはもう。熱心にやるのは良いことなんだが、少々気負い過ぎているようにも見えたので、気になってね」

「バレバレだったよ。コーチ、最初の基礎練習の時から物凄い顔だったもん」

呆れた口調で割り込んできたのは、受講生仲間の南郷蒼空くんだ。この春からは六年生になるという元気な少年は、「だからあたしはコーチじゃない」というお約束の注意を無視し、これ見よがしに腕を組んで溜息を落とした。

「睨んでるみたいな目つきだし、動くたびにヒュッとかビュッとか変な音するし、汗はびゅんびゅん飛んでくるし……。隣で練習してるの怖かったよ」

「え。あたし、そこまでだった？」

「そこまでだった」

「確かにその通りだね。事情を詮索するつもりはないけれど、合気道には冷静な心も欠かせない。余裕を欠くと事故に繋がりやすいからね」

「はい、すみません……。注意します」

「てか、どうしたのコーチ？　何かあった？」

「へっ？　ま、まあ……ちょっと色々と」

蒼空くんの率直な質問に、歯切れの悪い言葉を返す。不思議そうにこちらを見つめる少年から視線を逸らしながら、あたしは最近起こったあれこれを回想した。

あたしが間抜けにも杉比良さんに捕まってしまい、神籬村の座敷わらしとスカイJの正体を知ったのが先週のこと。あの後、絶対城先輩に見逃された杉比良さんは、約束通り、栽培していた茸を全て処分し、ドラッグの製造販売から完全に手を引いた。少なくとも本人はそう言い張っていた。

薬を盛られて監禁された身としては、あの人が野放しなのはやっぱり問題だと思うのだが、ドラッグの流通が止まったのは確かである。織口先生にもそのあたりは伝えたし、かくしてスカイJ問題は一応解決した。したのだが、それで全て丸く収まったかと言われれば、そんなことは全くなかった。

今一番引っ掛かっているのは、無論、スカイJの情報源――つまり、ワラシタケについてのレポートを発表した樹木医、空木淳郎さんのことである。

絶対城先輩との約束に従って、杉比良さんは先日、そのレポートが掲載された学会誌を四十四番資料室へと持ってきた。空木さんの他の論文や、閉鎖された彼のサイトに上げていた文章のプリントアウトも一緒だった。彼女なりのサービスなのかと思いきや、どうやらあたしが知らない間に先輩が色々と注文を付けていたらしい。

よほどハードな調査だったのだろう、杉比良さんは死にそうな顔で「こんなにこき使われるなら通報された方が良かった」とかなんとかぼやいていたが、そこは自業自得なのであまり同情する気にもならない。問題は空木さんのレポートだ。

「H村の生態系の相互作用とその特性についての考察　一」と題された彼のレポートは、H村の大きな木——間違いなく神籬村の大クスノキのことだろう——を中心に広がる生態系を観察し、その中で見つけた特定の種について詳しく記録するという内容だった。「一」とあるからには二以降もありそうだが、杉比良さんが言うにはこの続きは発表されていないそうだ。

詳細に取り上げられているのは、もちろん件のワラシタケ。畳の中に繁殖して微量の麻薬成分を蒸散し続ける性質や、その成分のもたらす効果、特性を生かしたまま粉末状に精製する方法まで、事細かに報告されていた。その反面、杵松さんが見つけた致死成分には全く触れておらず、締めは「今後も研究を進め、新たな発見があれば追って報告したい」の一言だけ。内容をざっくり解説した後、杉比良さんは苛ついた口調でこう語った。

──「さあラリってみよう！」とは書いてないけどさ、これを読んだら、現物を味わいたくなる奴はいるに決まってるのよ。私みたいにね。そこまで見越して意図的に情報を取捨選択してたんだとしたら、この空木ってのは大したタマよ。

──普通、ドラッグにハマった奴はどんどん摂取量を増やしていくもんだし、そうなるといずれ死人が出てたわけでしょ？　いわば気の長い無差別殺人計画だよね、こんなの。

──おそろしく遠回しな手段だけど、だからこそバレにくいし、それに、バレたところで危険性も少ない。茸からドラッグ作ろうなんて奴は、そもそも自分も後ろ暗いんだから、告発も通報もできないって知ってやがるんだ。畜生、騙された！

吐き捨てるように杉比良さんが言い放った言葉が蘇る。それは勝手な推測でしょうとあたしは反論したが「だったら何で空木は姿を隠してるの。後ろ暗いことやってるからでしょうが。他に何企んでるか分かったもんじゃないわよ！」と言われてしまうと返せる言葉はなかった。あたしは助けを求めるように先輩を見たものの、あの人は何も言おうとしなかったっけ。

空木さんのレポートや論文は、あたしも読んだ。専門的な内容なので理解できない部分も多かったが……それでも、伝わってくるものは確かにあった。

樹木という生物種の奥深さに心酔し、無計画な開発で衰退していく自然環境を憂え、日々数を減らしていく動植物を悼み、そして、口先では環境保全を唱えながら手を打たず、何も知ろうとすらしない人々に対して深く怒っている。もっとはっきり言えば、現代人を憎み、軽蔑し、絶望している。空木淳郎という樹木医兼植物学者は、どうやらそんな人のようだった。

そして、そういう考えの持ち主ならば——つまり、人間社会全体に対して強い恨みを抱いている人物ならば。意図的に一部を切り取った情報を流し、引っ掛かった馬鹿が死んでいくのを見たがっていても不思議ではない……というのが、杉比良さんの推測だ。この意見に対しても、絶対城先輩は何も言い返さなかった。

杉比良さんの調べによれば、ワラシタケのレポートが学会誌の編集部に送られてきたのは二年前。ということは、少なくともその時期までは空木さんは神籬村にいたのだろうが、それ以降の消息は依然不明のままだ。

言うまでもなく、空木さんは紫さんのかつての恋人であり友人であり、おそらくは紫さんにとって「自分の在り方を規定している存在」でもある大事な人だ。そして、文章を読む限り、苛烈で過激な一面もあるが、真摯で誠実で純粋で、割と共感できてしまう考えの持ち主でもある。そんな人が、自分の専門分野を利用して無差別殺人を目論んでいるなんてことは、あたしは考えたくはなかった。

その思いは絶対城先輩も同様なのか、杉比良さんが帰って以降、先輩はこの件には全く触れていない。空木さんの最大の関係者である紫さんにも何も伝えていないようだ。先を追及する気があるのかないのか、座敷わらしにまつわる文献をとっかえひっかえして熟読するばかりである。

学年が上がって忙しいのだろう、杵松さんは最近なかなか顔を見せない。もっとも、それはあたしも同じことで、資料室に行く回数は明らかに減っていた。講義は始まっていないが履修届だ何だと用事が意外に多いし、あたしが捕まった時に先輩に一報してくれたお礼も兼ねて、友香の失恋の愚痴に一晩付き合ったりもしていたから……。

いや違う。それは単なる自分への言い訳だ、とあたしは思った。

仕方なくなんかない。資料室に行き、先輩と話す時間は、作ろうと思えばいくらでも作れる。なのに足を遠ざけている理由は簡単、あたしはこの件から逃げているのだ。杉比良さんが足を洗った時点でスカイJの件はとりあえず解決したのだから、もういいじゃないか、というわけである。

神籬村の茸のレポートが既に世に出ている以上、杉比良さんと同じようなことを誰かが思い付いて実行する可能性はある。それは分かっているが、そういう事態が実際に起こっているわけではないし、そんなのは警察の仕事だろう。

何より、これ以上この件を掘り下げるということは、空木さんの思惑を探ることに他ならないわけで、あたしはそれが辛く、怖かった。言ってしまえば、空木さんの名前が出てきた時点で、あたしは深追いしたくなくなったのである。

危険性のあるドラッグの情報を意図的に広めるのは許せないし、何とかできるなら何とかしたい。でも、紫さんの元恋人で、自分も共感した相手が関わっているのであれば、積極的に首を突っ込みたくはない。

自分勝手で矛盾した葛藤が、頭と胸の中にずっとわだかまり続けて消えてくれない。良かれ悪しかれ、確定的な事実があればまだ動けるのだが、全てが推測にすぎないのがなおさら辛い。いっそ考えるのを止めて思い切り体を動かせば、少しはすっきりするかと思ったのだが。

「無理矢理動いても、駄目なものは駄目か……」

やるせない溜息が自然と漏れた。

ああもう、何やってるんだあたしは！　自分の不甲斐なさを痛感しながら、左の掌に右の拳を打ちつける。ぱん、と思いの外大きな音が響き、心配そうに見ていた蒼空くんがびくっと怯えた。

＊＊＊

そんなこんなで重たい気持ちのまま合気道教室を出た、その帰り道。

春の夜風に吹かれながら県道沿いを歩いていると、住宅街と住宅街の合間の寂しい場所でふいに声を掛けられた。

「や。悩んでるみたいだね、お嬢さん」

フランクな声であたしを呼び止めたのは、道端のバス停のベンチに腰掛けていた女性だった。すらりとした肢体の、健康的かつ女性的なスタイルの美人である。

長い髪を後ろで束ねており、纏っているのはぴったりしたノースリーブのブラウスに、これまたぴったりしたパンツ。体のラインと肩が綺麗な人だけど……誰だっけ？

そう思った次の瞬間、あたしはあっと声をあげていた。

「あ——晃さん？」

あたしの驚く声が夜道に響いた。間違いない。絶対城先輩とともに妖怪学を学んだ仲間で、紫さんの妹で、あたしにとっては数少ない真怪の知人。鬼の秘密に近づいて消されそうになったが逆に相手を消してしまった、あの人だ！　驚きのあまり、道衣を入れたバッグを取り落としそうになる。そんなあたしを見て、ベンチの女性はくすりと笑い、軽く会釈した。

「こんばんは。櫻城晃です」

「こ、こんばんは……。湯ノ山礼音です」

おずおずと挨拶を返し、あたしは晃さんに向き合った。改めて見た晃さんは、目鼻立ちこそ姉の紫さんに似ているけれど、しなやかで引き締まった手足はお姉さんとはだいぶ印象が違う。声もややハスキーだし、身長も姉より高いようだ。

元々心が弱っていたためか、おどおどした態度になってしまう。絶対城先輩がこの人をずいぶん気に掛けていたことを、つい思い出してしまったせいもあるのだろう。あたしの声はかなりぎこちなかった。

「どうしたんです、こんなところで……？　バスを待ってるんですか？　この時間ほとんど来ないですよ」

「違う違う。待ってたのは君。毎週この時間にここを通るのは知ってたからさ、こうして待ってたわけ。今日は自転車じゃないんだね」

　警戒したようなあたしの口調とは対照的に、晃さんの口調はあくまで気さくでフランクだ。気のおけない知人を前にしたようにな無警戒な態度に、あたしは一瞬きょとんと呆け、そして小さな苦笑を浮かべた。同時に、体から少し強張りが抜ける。

　今のこの人は敵じゃないし、突っかかってくる気配もなく、あたしだって別にピリピリしたいわけじゃない。だったら無駄に身構えたって仕方ないよね。自分で自分に語りかけると、あたしは「ええ」とうなずいた。

「先週パンクしちゃって、直せてないんですよ。で、あたしに用事って何です？」

「ちょっとね。ほら、わたし、饕衆とか鬼のことかで、色々迷惑掛けたでしょ？　阿頼耶には一応謝ったけど、後々考えてみると……ええと、どう呼べばいいかな。今さら『湯ノ山様』ってのも違うよね」

「その呼び方は確かにちょっと。普通に名前だけでいいですよ」

「オッケー。つまり、礼音にもちゃんと謝っておかないとな、と思ってさ。命の掛かった騒動に巻き込んじゃったわけだから。もっと早く来るべきだったんだけど、饕衆が完全に途絶えたのを確認してたら遅くなっちゃったんだよね」

「え。じゃあ、ここ最近、そのことを調べてたんですか？」

「うん。たぶん大丈夫だとは思ったし、実際大丈夫だったんだけど、確かめておかないと気になる性分だからさ。って、そんな言い訳しに来たんじゃないんだって。もちろん謝ってどうなるものでもなし、後から言っても仕方ないんだけど——でも、本当に、ごめん。あと、阿頼耶を助けてくれてありがとう」

　ふいに立ち上がった晃さんが、あたしに向かって深々と頭を下げる。ぴんと伸びた背筋が綺麗に折れ曲がり、長い髪がぱさりと落ちた。いきなりストレートな謝罪と感謝をぶつけられ、あたしは「はあ」と間抜けな声を漏らしてしまった。

「いや、いいですよ、そんな。頭を上げてください」

「わたしは——え？　もういいの？　ここはもっと怒ってもいい場面だよ？　一発殴ったり怒鳴ったりなじったり踏んだり靴を舐めさせたりしなくていいの？」

「しませんよそんなこと。第一、晃さんだって今まで大変だったわけですし、結果的には丸く収まったんですから、もういいです。ほんとに」

「そっか。そう言ってくれると嬉しいな。ありがとね」

　あたしの言葉が本心からのものと理解したのだろう、晃さんが姿勢を戻して胸を張る。その顔には、一瞬前まで謝っていた人とは思えないほど朗らかな笑みが浮かんでいた。ずいぶん表情豊かで、かつ切り替えの早い人のようだ。

まっすぐ立った晃さんはやはり長身で、女子の中では高めのあたしよりもさらに上だった。自分より視線が高い女性は珍しいので、ついじっくり見上げてしまう。その表情が面白いのか、晃さんは軽く微笑むと、あたしを見返した。

「それはさておき、モヤモヤした顔だけど何かあったの？　もう一つ用事があったんだけどさ、今はお前なんぞに関わってる場合じゃねえ！　って感じなのかな。だったら日を改めるけど」

「そんなことはないですが……って。晃さん、もしかして事情知ってます？」

不安げに問いかける顔を、あたしは眉をひそめて見上げる。何しろ目の前のこの女性は、真怪「のっぺらぼう」の力を使い、幾つもの事件の裏で暗躍していた怪人だ。今回もまた何らかの形で絡んでいるのかと思って問いかけてみれば、晃さんは一瞬きょとんと目を丸くした後、豪快に笑い始めた。

「ないない、それはない！　わたしは別に全知の超人じゃないんだよ？　知らないことは知らないって！」

あたしのリアクションがよほど面白かったらしく、晃さんがけらけら笑う。言われてみればそりゃそうだ。敵か味方か、何でも知ってる謎の人！　みたいな印象を持っていたが、多少度胸があって、潜入捜査が上手いだけの普通の女性なのである。あたしは「すみませんでした」と苦笑を返すと、そして口を開いて話し始めた。

「そういうことなんです」

「そういうことか」

ベンチの隣に座った晃さんの相槌に、あたしはこくりとうなずいた。

どこまで話したものかと考えながら喋るうちに、結局、神籬村のことからスカイJ騒動から杉比良さんによる監禁事件、空木さんに掛かっている疑惑まで、洗いざらい話してしまった。出会ったばかりで、しかも以前にこっぴどく騙された相手に話す内容でもないのだが、誰かに話したかったのだ。

……それに、暗躍していた頃ならともかく、今のこの人は信用できる気がしたし。

ですよね、と心の中で問いかけながら隣に目を向ければ、晃さんはバス停のベンチの背もたれに大きく背中を預け、ぐーんと反って空を見た。形のいい胸が突き出され、しみじみとした声が耳に届く。

「空木淳郎かあ。その名前、ここで聞くとは思わなかったな」

「ご存知なんですか?」

「まあ、姉さんが付き合ってた相手だからね。家にも何度か来てたし、話したこともあるよ。わたしは昔の彼しか知らないけど——まっすぐで、どこか危うい感じの人だったな。生き辛そうだな、って思ったのを覚えてる」

「生き辛そう……？」

「うん。彼の言ってることは分かったんだよ。正しいとも思ったし、みんながそういうふうに考えたら世の中も少しは良くなるってのも理解できた。でも」

「でも、何です？」

「でも、みんなそこまで真面目に考えてないし、これからも多分考えないよって、わたしは思っちゃったんだよね。口に出しては言わなかったけどさ。すごく真面目で真摯で、そんでもって危なげな人だったから、彼なら確かに——」

彼なら確かに。その先の言葉を、晃さんは声に出しはしなかった。

ドラッグを通じた無差別殺人じみた計画を立てるようになってもおかしくないと、そう言いたかったんですか……？　あたしは心の中でつぶやくと、視線を晃さんから前の県道へと戻した。通り過ぎていく車のヘッドライトを眺めながら、重たい声を再び発する。

「空木さんのこともそうですが……一番モヤモヤしてるのは、自分がどうしたいか分からないってことなんですよ。今分かってることだけでも紫さんに伝えた方がいいと思ってるけど、結局何も言えてない。とりあえずドラッグの件は解決したんだから放っておけばいいと思う反面、ちゃんと知りたいという思いもあるんです。ふらふらした状態が続いてて、そんな——」

「そこから先はさっきも聞いたよ。そんな自分が情けない、でしょ？」

「……はい」

励まそうとしてくれているのだろう、晃さんのからっと明るい声に、あたしは辛気臭い相槌を返してしまう。そのまま晃さんは黙り込んでしまい、沈んだ空気と沈黙がバス停を覆った。

そうして、どれくらいベンチに座っていただろうか。

どんよりしていたあたしの五感が、ふいに鋭い殺気を感知した。ぴりっと産毛が逆立つような違和感が首筋に走り、緊張感が一気に漲る。え？　何？　誰？　状況を把握するより先に、体が自然に動いていた。

あたしが反射的に両手を構えるのとほぼ同時に、いつの間にか目の前に立っていた晃さんが突きを繰り出した。右手の指を揃えた貫手が、あたしの鳩尾をまっすぐ狙って迫りくる。

いきなり急所狙い？　何で？　てか、いつ立ち上がったんだ、この人！

困惑しながらも、あたしはどうにか晃さんの手首を摑むことに成功した。きめ細かくてよく締まったいい腕だ。それを反射的に外へと捻って貫手の勢いを殺した瞬間、

「そこまで！」と明るい声が響く。

「さすがにやるね。いい反応速度だったよ。まだ続けてもいいけど、怪我するのもさせるのも不本意だし、とりあえず放してくれるかな？　もう不意は突かないから」

「放すのはいいですが……いきなり何なんです？」

「雰囲気暗かったからさ。テンション変わるかなーと思って」

あたしが解放した手首を撫でながら、けろりと告げる晃さんである。悪びれる様子ゼロの愛嬌に、あたしは見とれ、そして呆れた。それだけの理由で唐突に反則技を繰り出したのか、この人は。

「反応が一瞬遅かったら、あたし、呼吸止まってましたよ？」

「大丈夫大丈夫」

「何の根拠があって……。大体、こんな技どこで習ったんですか」

「それは秘密です。ともかく、元気にはなったでしょ？」

じろりと睨んだあたしの視線を、明るい笑顔が受け流す。コキリと手首を鳴らした晃さんは、再びあたしの隣に座ると「参考にならないかもしれないけど」と前置きし

て口を開いた。

「今の礼音は、ちょっと考え過ぎちゃってると思うんだよね」

「それは……そうだと思います。はい」

「いやいや、しょぼくれなくていいって。思考するのは大事だよ。考えずに流れに突き動かされるだけの連中って、一番愚かで厄介なんだから。そういう意味では礼音は間違ってないとは思うけど、考えるのと動かないのは違うよね？　立ち止まる必要、なくない？」

「……え？　ですけど、さっきも言ったように、ドラッグの件は解決――」

「そこよ、そこ。売人が手を引こうが足を洗おうが関係ないの。一度始まった事件ってのは、自分が納得して、腑に落ちるまで終わらないとわたしは思うんだな」

「腑に落ちる……ですか？」

「そ。今の礼音は腑に落ちてないからモヤモヤしてるんでしょ？　わたしなんか単純で、何でも好き嫌いで決めちゃうからさ。知らずに不安がるより知って苦しむ方が好きなの。だって、現実が分かってる方が、折り合いも付けやすいじゃない？　予想より良いにせよ悪いにせよ、事実は変わらないんだから、後は覚悟を決めるだけ――というのが、わたしの持論であり生き方なのです」

そこまでをはっきりと言い切ると、晃さんは照れ臭そうに苦笑し、「まあ、秘密に手を出し過ぎて危なくなった奴が言うなって話なんだけどね」と付け足した。確かに。あたしは苦笑いを返すと、今聞いたばかりの言葉を心の中で繰り返してみた。

知らずに不安がるより、知って苦しむ方が好き。

良い悪いじゃなく、好き嫌いで分けるあたりがこの人の個性なのだろう。そういう考え方もあるんだな。納得というより共感しながら、あたしは隣を見て尋ねた。

「つまり、当たって砕けろってことですか？」

「ちょい違うね。当たって砕け！　ってこと」

こちらを見返した晃さんが、きっぱりと断言する。その力強い発言と力強い笑顔に、あたしは思わずきょとんと見入り、そして一瞬後、ぷっと噴き出していた。

さすが、自分を消そうとした組織を消し返した人は言うことが違う。くすくすと笑い続けていると、晃さんがやや照れ臭そうに問いかけてきた。

「そんなに笑われるとは思ってなかったけど……大丈夫？」

「はい、おかげさまで！　今の話で何だか吹っ切れました」

「ほう。そりゃよかった。じゃあ」

「ええ。当たって砕いてきます」

今度はあたしがきっぱり言い切る番だった。

腑に落ちるまで事件は終わらないし、真相がどうであれ、知らないままは好きじゃない。それは確かにその通りだし、そう思うなら、後は覚悟を決めるだけ。拳を合わせて気合を入れ、ベンチから一息で立ち上がれば、後ろでぼそりと小声が響いた。

「なるほど……。阿頼耶の奴はこういうのがお好みなのか」

「はい？　今何か言いました？　先輩がどうとか」

「おや耳ざとい。独り言なのでお構いなく」

「そうですか？　そう言えば、もう一つ用事があるって言ってませんでした？」

「まあね。でも、そっちも話してる間に大体確認できたから、もう大丈夫。そうか、礼音はそういうタイプか……。ふうむ……」

人懐っこい微笑みを湛えたまま、よく分からないことを言う晃さんである。何が「なるほど」なんだと首を捻っていると、晃さんはけろりとした顔で話を変えた。

「阿頼耶と言えばさ、あいつとはどうなの？　仲良くしてくれてるんだよね」

「仲良くしてあげてるというか、させてもらってる感じですが……。でも、どうと言われても、特に何もないですよ？」

「えっ？　そうなの？　ドラマチックなイベント山ほど一緒に経験してて、鬼の一件でさらにグーッと接近したのに？」

「いや、そんな……。ま、まあ、さすがに、知り合ったばかりの頃よりは、親しくなったかな……とは思いますし、最近も、助けてもらったりはしましたけど……」

話しているうちに気恥ずかしさが募ってきて、言葉尻がもごもごと濁る。嘘は言ってませんよね。あと、「今どうなんだ」はいいですが、「どうなりたいんだ」とか聞かないでくださいよ！　困るので！　と、そんなことを内心で祈りながら視線を泳がせていると、晃さんはぼそぼそと小声を漏らし始めた。

「マジで？　ごまかしはわたしには通用しないぞ──って、はぐらかしてる感じでもないよね……。予想外の展開ですよ、これは……。つまり、まだ割り込める余地が……？邪魔すると悪いし、資料室にはもう行かないつもりだったけど……そういうことなら話が変わってくるわけで……気を遣う意味もない……？」

脚を組んだ晃さんが、聞き取れないほど小さな声でぶつぶつと何かをつぶやきながらあたしを凝視し続けている。引き締まった長い脚は綺麗だし、詰問を中止してくれたのもありがたいが、まじまじ見つめられると何だか不安になってくる。あたしは摺り足で少しだけ間合いを取ると、「そう言う晃さんは」と口を開いた。

「その──どうなんですか」

「どうって何がさ。阿頼耶のこと？　だったら好きだよ」

「……え。す、好き——ですか」

「うん。あいつ、変だけど凄いし。自分のやってるのと同じジャンルにああいうのがいると嬉しいよね」

ベンチに座ったまま、明るい声がけろりと即答する。屈託ゼロのその答を聞いた瞬間、あたしは思わず小さく息を呑んでいた。同時に、神籬村を訪れる前、絶対城先輩が晃さんに言及した時の言葉が脳裏に甦る。

——人は変わるものですから。ですが、それでも——いや、それだからこそ、志を同じくした相手が今も変わらずにいてくれることは励みになる。

晃さんについてそう語った時の先輩の様子は、目の前の晃さんの眩しそうな表情とそっくりだ。そう気付いた瞬間、寂しい風がふいに心を吹き抜けた。

他の女性、例えば杉比良さんなどが先輩にちょっかいを出した時とは全く違う、感じたことのない寂しさが一気に湧き上がり、はっと息が詰まってしまう。と、そんなあたしの様子が気に掛かったのか、晃さんはあっはっはと豪快に笑った。

「阿頼耶が好きって言ったくらいで、そんな虚を突かれたような顔しなさんな！　可愛いなあもう。ほら、わたしは好き嫌いで動く人間だから、大概の知り合いは『好き』に分類されるのよ。勿論、礼音も好きだよ？」

　いつの間にか隣に立っていた晃さんが、あたしの肩を強く優しく叩く。強制的に毒気を抜くようなフランクな口調に、あたしはきょとんと目を丸くし、そして視線を逸らした。正面切って好きとか言われるとやや恥ずかしい。

「か、からかわないでくださいよ……って。あれ？　今、いつ立って、どうやって間合いを詰めたんです？　晃さん今の今まで座ってましたよね」

「そこはそれ、色んなやり方があるわけ。今日は話せて楽しかったよ。じゃあね」

「え？　もう帰っちゃうんですか？」

「だってもう用も済んだし。それともまだ謝り足りない感じ？　靴舐める？」

「あ、いえいえ、それはもう充分です。相談にも乗ってもらいましたし……。これからどうされるんですか？」

「うーん。教えてあげたいけど、今語るには長すぎるかな。せっかく腹を決めた礼音の邪魔をしたくないし、その話はまたいずれ。ただ、意外な場所で再会するかもとだけは言っておきましょう。それでは、ひとまずアディオス！」

　ハスキーがかった明瞭な声が、夜の歩道に凛と響く。掲げた片手を力強く振ると、晃さんはあたしに背を向け、夜の県道を歩き始めた。

胸を張った長身の背中が、長い後ろ髪を揺らしながら堂々と去っていく。登場も突然なら、退場も突然な人である。悪い人ではないことは確信できるが、かと言って信用しきるのもそれはそれで危険な気がする。そんな不思議な人の後ろ姿を、あたしはしばらく眺め続けていたが、ややあって我に返り、ぺこりと頭を下げたのだった。

さっき感じた一抹の寂しさの正体とか、晃さんのこれからとか、気になることはあるけれど。それでも、とりあえず、元気づけてもらってありがとうございました。

＊＊＊

その翌日、あたしは四十四番資料室を訪れた。

スカイJと座敷わらしと空木さんの件で新たに分かったことがあれば、具体的に知りたい。出迎えてくれた絶対城先輩にそう告げると、先輩は杵松さんと顔を見合わせ、羽織の下の肩をすくめた。寝不足なのか、先輩の顔色はいつにも増して悪い。

「事件の真相については、ある程度の目途は付いたが、まだ確証はないという段階だ。今から明人と神籬村に行って確かめるつもりだったが……」

「今から？　じゃあ、あたしも一緒に行ってもいいですか」

「止める権利は俺にはない。だが――なぜだ？」

あたしを見返した先輩が、怪訝そうに顔をしかめる。同意を求めるように傍らの友人を見ると、寝不足の妖怪学徒はこちらに向き直り、口を開いた。

「分かっているだろう。スカイJを巡る一件は、杉比良を押さえた時点で解決しているんだ。妖怪学的に興味深い内容だから俺が勝手に首を突っ込んでいるだけで、明人も好きで協力してくれているが、お前が関わる必要はないんだぞ。いや、それどころか、下手に関わることで、知らなければ良かったと思うような事実を知ることになる可能性が高い。だから――」

「そこは覚悟の上です」

事件は腑に落ちるまで終わらない。知らずに不安がるより、知って苦しむ方が好き。当たって砕け！

昨夜もらった言葉を胸の中に響かせながら、あたしはきっぱり断言する。晃さんに会って話したら吹っ切れたんです、と言い足せば、先輩の前髪の下の目が一瞬きょとんと丸くなった。

「晃に会ったのか？　あいつがお前に何の用があったんだ」

「迷惑掛けたことのお詫びとか言ってましたよ。そこでスカイJと空木さんの話を聞いてもらったんです。他にもその……まあ、色々と話しましたが」

「なぜそこで視線を逸らす……？　まあいい、今は神籬村だ。すぐ出発するぞ」

別の方向に行きかけた関心をすかさず引き戻し、先輩が告げる。はい、とうなずいていると、あたし達のやりとりを見ていた杵松さんがくすくす笑った。

「何です、杵松さん？　あたし、何かおかしいことでもしました？」

「結局こうなるか、と思ってさ。阿頼耶、湯ノ山さん当分来ないんじゃないかって心配してたんだよ。良かったね阿頼耶」

「うるさい」

「え。先輩、あたしに来てほしかったんですか？　だったら一声掛けてくれれば」

「うるさいと言っている」

＊＊＊

神籬村に着くと、もう夕方だった。

無人の廃村の中央にそびえる大クスノキは相変わらず荘厳で雄々しかったが、ワラシタケのことを知ってしまった以上、以前のように気楽に振る舞うことはもうできない。軒を並べる廃屋の中では今もあの茸が繁殖しており、吸い過ぎると麻痺し、さらに吸えば命を失う快楽成分を放出し続けているはずなのだ。背筋をぶるっと震わせると、あたしは杵松さんにもらったマスクの位置を直した。

「ほんとにこれで茸の成分は防げるんですよね……？」

「それはもう、ご心配なく。これ、もっと危なくて微小な粒子を扱ってる研究室で使ってるマスクだから、完全にシャットアウトできてるはずだよ。実際、気分が高揚したりはしないだろ？」

「それは確かにそうなんですが……」

あたしと同じマスクを付けた杵松さんの説明に、おどおどと言葉を返す。上下とも長い杵松さんや絶対城先輩に対し、あたしはタンクトップにショートパンツなので、無防備っぽさが際立っており、やはり不安だ。

「長袖で来れば良かったかなあ」

「厚着したところで何の意味もないぞ。茸が飛散させる成分は呼吸器を通してしか人体に吸収されないし、第一、多少吸入したところで、軽い高揚感が得られるだけで害はない。明人が『念のため』とうるさいからマスクを付けてはいるが、なくても別段問題はないんだ」

あたしの漏らした声を聞き付け、絶対城先輩が呆れてみせる。マスク越しでもバリトンの効いた声はいつものように明瞭だった。調べ物で徹夜をしていたとかで、大学を出てから神籬村に着くまで車の後部座席で熟睡していた先輩だが、もうすっかり目は覚めたようだ。

なお、ずっと先輩が寝ていたので、調査の進展具合については何も聞けていない。運転手だった杵松さんから「茸や蟻を変質させて座敷わらしに変える仕組みは、天然の化学物質が作用してるようなんだけど、詳しいことはまだ分からないんだよ」という話を教えてもらったくらいだ。

「で、先輩、今から何を？」

「決めてある。明人、任せていいんだな？」

「うん。そっちも確認よろしくね」

先輩に神妙な顔を向けられ、杵松さんが笑顔でうなずく。どうやらあたしが資料室に行く前に、役割分担は決まっていたらしい。車からスコップを取り出す杵松さんを見ながら、あたしは先輩を見上げて問いかけた。

「あたしはどうしたら」

「好きにすれば……いや、そうだな。ユーレイはこっちを手伝ってくれ」

背を向けて歩き出そうとしていた先輩が、足を止めてぼそりと言う。了解です。あたしは杵松さんと別れ、先輩の後を追った。

「手伝うのはいいんですが、どこで何をするんです？」

「村の外れの墓地だ。前回来た時に調べていなかったことがあってな」

「墓地？　ああ、無縁仏の中に古い石仏があるとか言ってた場所でしたっけ」

「ああ、それだ。珍しくよく覚えているな」

「珍しくは余計です」

そんな会話を交わしている間に、あたし達は墓地へと着いた。沈みつつある夕日の照らす荒れ地の中に、苔むした小さな石碑がぽつぽつと並ぶ光景は、由来を知らなくても寂しくなる。こき使われて亡くなった戦災孤児達を供養した場所と知っていれば、なおさら胸が痛んだ。あたしは足を止めてそっと手を合わせたが、黒衣の同行者はずんずんと墓地の奥へと進み、倒れていた石仏に無造作に手を掛けた。

「よし、こいつを——おい、何をしている。こっちへ来てこれを起こせ」

「はいはい、お待ちを」

知ってはいたが後輩使いの荒い人だ。あたしは、失礼します、と墓地に一礼し、先輩の下へ駆け寄った。その手元では、地蔵を浮き彫りにした細長い石板が、表を上にして倒れている。大きさは七十センチほど。言われるがままにその端に手を掛けて軽く力を込めれば、石仏はぐらりと揺れた。そこまで重いわけではなさそうだ。

「って、起こしても祟られたりしませんよね？」

「非科学的なことを言うな。大体、立っているのを転がすならともかく、転がってるのを起こして祟る神仏はまずいない」

「なるほど。じゃあ行きますよ？　せえ……のっ！」

　足を踏ん張り、石仏をぐいっと一気に引き起こす。立てた状態で安定させれば、先輩は「よし」とだけ言って石仏の裏へ回り、こびりついた土を払い始めた。呼吸を整えながら見ていると、土の下から漢字がうっすらと現れ始める。

「ああ、これが目当てだったわけですね。でも、こんなの読めるんですか？　だいぶ劣化してますし、土は詰まってるし汚れてるし、ほとんど見えませんよ」

「この程度の凹凸なら触れば分かる。拓本を取るのがベストだがな。ふむ……」

　そう言いながら先輩は石仏の裏に彫られた文字を指でなぞり始めた。点字を読むように感触で文字を読み取っているらしい。器用な人である。

「それで、何が書いてあるんです？」

「期待していた通り、この石仏を設置した時の記録のようだ。願手、神木之郷名主——

鎮護安寧（ちんごあんねい）――地蔵菩薩（じぞうぼさつ）――宝永（ほうえい）四年」

「……ほうえい四年？　いつです、それ」

「西暦で言えば一七〇七年。江戸時代の中期だな」

「ああ。道理で聞いたことのない年号だと――」

思いましたよ、と続けようとして、あたしは小さく息を呑んだ。

江戸時代の中期って、そんな馬鹿な。この神籬村は、戦後になって初めて開拓された村のはずだ。なのに江戸時代に設置された石仏があるなんて。それに、「神木の郷」って地名も、どこかで聞いたことがあるような……？

「先輩。その、神木って――」

「忘れたのか？　『怪談奇談の旅』の三十六話、『座敷の童（わらべ）の話』に登場する村の名だ。座敷わらしの加護を受けた幸せな村だったが、村人が信心を失ったせいで滅んだという」

「あ、そっか！　あれ？　でも、先輩、あの『怪談奇談の旅』って、与太話だらけのフィクションだから信用できないって言ってましたよね……？」

「確かに言ったが俺が誤っていたようだ。少なくとも宝永年間の前後には、神木の郷はここに実在していたらしい。この碑文がその証拠だ」

「そんなにあっさり言われても——いや、それ以前に、この神籬村は戦後に開かれた村なんでしょう？　そんな場所に、どうして江戸時代の」

「阿頼耶！　湯ノ山さん！」

あたしがさらに問いかけようとした矢先、ふいに杵松さんの大声が轟いた。いつも穏やかな人らしからぬ切羽詰まった叫びに、あたしはハッと先輩と顔を見合わせた。

どうやら杵松さんが何か見つけたらしい。あたし達はほぼ同時にうなずき、声の方角へ向かって足早に駆け出す。楠屋敷に向かって走れば、腕まくりした杵松さんが大きく手を振る姿が見えてきた。その足下には、こんもりと盛り上がった土に汚れたスコップが刺さっている。

あの土饅頭の場所だ、とあたしはすぐに気が付いた。村の方々にあった、野球のマウンドのような小さな土の山。そのうちの一つ、楠屋敷の玄関先にあった小山を、杵松さんは掘り起こしていたようだ。でも、一体何のために？　何を探してそんなことを？　それに、杵松さんの声や様子がえらく深刻なのはどうして……？

明瞭な形にならない嫌な予感がどんどん募る。不安を振り払うように、あたしはスピードを上げ、先輩より先に杵松さんへ駆け寄った。杵松さんは何も言わず、ただ足下を示すだけだ。あたしはごくりと息を呑んで、その穴を覗き込み——そして、次の瞬間、絶句した。

……何、これ。

「杵松さん、これって」

「見ての通りさ。人骨だよ」

怯えるあたしの問いかけに、端的で簡潔な答が返ってくる。つい尋ねてしまったけれど、聞くまでもなくそんなことは分かっていた。

土に汚れた灰色の頭蓋骨と、そこから連なる首と胴体と腕の骨。掘り起こされているのは胸から上の部分だけだが、人間の——それも成人の骨であることは疑いようもない。倒れた状態で埋められたのか、姿勢はうつ伏せで、顔を少しだけ傾げ、両手を頭の近くに投げ出している。衣服は何も残っていなかったが、右手の人差し指には、ワックスか何かでコーティングされた木製の指輪が引っ掛かっていた。

何度か通っていた場所のすぐ傍に、人の遺体が埋まっていた。

突き付けられたその事実に全身が震え、冷や汗がうっすらと流れ出す。直視し続けるのが怖くて、思わず一歩後退すると、背中が誰かに受け止められた。

「だから言ったろう……。大丈夫か？」

抑えた声が耳に届く。絶対城先輩だ。気遣うようにあたしの肩をそっと撫でると、先輩は穴の傍へ屈み込み、遺体の右手を見据える。

「右手の人差し指に木の指輪——か。紫さんに聞いていた通りだな」

「だね。ということは、この人は、阿頼耶の予想通り——？」

「ああ。おそらく間違いない。空木淳郎だ」

スコップを杖のように突いたままの杵松さんの質問に、先輩が即座に切り返す。その答を聞くなり、あたしは「えっ？」と声をあげていた。

空木淳郎って、あの——紫さんの元恋人の樹木医で、森林破壊を憂えるあまりにスカイJで無差別殺人を仕掛けたかもしれない、空木淳郎？　空木さんは亡くなってたってこと？　しかも「阿頼耶の予想通り」って！

「ちょ、ちょっと待ってくださいよ！　先輩はこのことに気付いてたんですか？　あたしは空木さんがどこかにいて、中途半端なレポートを流してスカイJの事件を裏で操ってたと思ってたんですが……。ほら、杉比良さんが言ってたみたいに」

「そんなわけがあるか。あれは空木が純粋に学術的な視点から発表したデータを、杉比良が勝手に悪用して自滅しかけただけの話。空木には何の罪もない。レポートの続きが出なかったのは、彼が亡くなっていたからだ」

「で、でも、先輩、空木さんが仕掛たんだって杉比良さんが言ってた時、反論しなかったじゃないですか……。あれって、空木さんを告発したくなかったからじゃないんですか？　ほら、紫さんの昔の恋人で、大事な人だし」

「馬鹿を言え。単に別のことを考えていたんだ。相手をするのも馬鹿らしかったからな。お前こそ、よくも杉比良のあんな間抜けで勝手な推理を信じたものだな。もう少し利口だと思っていたぞ」

「う！　す、すみません……」

「まあまあ、そのへんで」

呆れた視線を向けられ、あたしはつい視線を下げてしまう。とりなしてくれた杵松さんに感謝しつつも、あたしは新たな疑問を抱いていた。

空木さんがスカイJ事件の黒幕というのは勘違いで、あのレポートはあくまで学術的な研究報告だった。空木さんの消息が摑めず、レポートの続報も発表されなかったのは、彼が故人となってここに埋まっていたためである。

うん。そこまではいい。一応理解はできる。でも、だったら――。

「……空木さんをここに埋めたのは誰なんですか？　石仏の碑文はどういう意味があるんです？　先輩はわざわざ神籬村まで、一体何を確かめにきたんです……？」

「無論、今回の一連の事件の黒幕だ」

「黒幕？　空木さんを埋めた犯人ってことですか？　でも、学術目的のレポートを杉比良さんが悪用したのなら、一連も何も、黒幕なんか元々存在しないような……」

「違う。俺の言っている『一連』の範囲は、お前のそれより少々広い」

こんがらがったあたしの問いかけに、何だかよく分からない答が返ってくる。杵松さんにちらりと視線を向けると、先輩は小さく肩をすくめ、口を開いて語り始めた。

「俺はここしばらくの間、座敷わらしが伝わっており、かつ、滅んでしまった村の記録を読みこんでいた」

聞き慣れた声を廃村に響かせながら、先輩は穴に背を向けて歩き出した。長い影と、スコップを手にした杵松さんとあたしを従え、黒い背中が静かに進む。大クスノキに向かっているらしいな、と気付くのと同時に、先輩があたしに問いかけた。

「このことは少し前にユーレイにも話したろう。覚えているか？」

「えっ？　あ、はい……。人間はいつでも同じような話を考えて語り残すもので、似たパターンの伝説は結構あちこちに伝わってるとか、そんな話でしたよね。具体的な地名までは覚えてないですが」

「差枝、相生、榊、日通などだ。今いる神籬村や、先の碑文にあった神木の郷も含め、これらの地名には一つ大きな共通点がある」

「共通点？」

「差枝に相生に榊に……そうか！　もしかして、植物——樹木かい？」

あたしが首を捻る隣で、杵松さんが声をあげた。先輩は小さくうなずくと、大クスノキの前で足を止めて振り返った。ヤマザクラと癒着した巨大なクスノキは相変わらず縦にも横にも雄大で、長身のはずの先輩が小さく見える。オレンジ色の夕日を浴びる二股の幹を見上げると、先輩はあたし達に向き直り、続けた。

「その通り。差枝とは、枝が遠くまで伸びた巨木の呼び名だ。相生は二本の木が成長過程で癒着して一体化した木を示し、榊は字の通り神の木で、日通は二俣の枝の間に朝日が昇る畏怖すべき木。神籬は前に話した通り神が降臨する木のことで、神木に至っては説明するまでもあるまい」

「神様の木、ってことですよね……？」

「そう。つまり、座敷わらし的な怪異の加護を受けながら滅んだとされるこれらの村の名は、いずれも、畏敬の念を集める巨大な木に由来しているんだ。名無しの村も含めれば、この物語を背負った村は十三例見つかった。現時点での最古の記録は、元禄(げんろく)年間の『山川雑話集(さんせんぞうわしゅう)』。旅人や古老から聞いた伝承を集めた地誌なんだが、ここに源平(げんぺい)争乱の時代の伝承として『ナンジャモンジャの村』というのが出てくる」

「な……ナンジャモンジャ？　何です、それ」

　耳慣れない言葉を、あたしはとっさに聞き返す。先輩は「知らないのか」と言いたげに肩をすくめると、後ろの木をちらりと見やって続けた。

「簡単に言えば、謎の巨木だな。種類がはっきりしなくて呼び方が分からない大木をこう呼ぶんだ。種が特定できない木なら何でもいいわけではなく、畏怖の念を抱かせるような迫力を持った木でないとナンジャモンジャの名は付かない」

「難しいんだね。怪しくて妖怪扱いされる異様な大木ってことでいいのかな」

「怪しまれるというより、畏れられる存在だな。ともかくその源平時代の『ナンジャモンジャの村』の話を始めとして、似たような物語は幾つも――俺の推測では、およそ百年間隔で現れ、今に伝わっているわけだ。さらに、これらの伝承に語られる村の地理的条件は全て一致していた」

「え？　ちょっと待ってください。それってつまり……もしかしてですけど、その相生とか榊とかナンジャモンジャの村とかは、実は全部……」

「この神籬村のことだった……？」

　あたしが震える声で発した質問に、杵松さんの鋭い問いが被さる。先輩は無言でこくりと首を縦に振り、日暮れ時の廃村を見回した。

「村が作られ、座敷わらしのおかげで栄え、程なくして突然途絶えて無人になる。そして地名が忘れられるほどの年月が経過した後、また新しい住民が入植してきて村を作り、栄え、途絶える……。ここ、神籬村は――いや、最古の名で呼ぶならば、ナンジャモンジャの村は、そのサイクルを何度も繰り返してきた場所なんだ」

「なるほどね……！　そう言えば、クスノキって、人が入植した場所にしか生えていない種なんだよ。だから、戦後に開拓した村に樹齢千五百年の木があるのは妙なんだけど……でも、そういうことなら筋は通るよね」

「つまり、千五百年以上前から栄枯盛衰のサイクルが続いてきたと？　興味深い指摘だな、明人。杉比良の奴は、この地の座敷わらしがオリジナルである可能性を示唆していたが、案外、正しいのかもしれん」

杵松さんのコメントに絶対城先輩が興味深げに応じる。頭の回転の速いお二人は冷静に言葉を交わしているが、こっちは理解するのが精一杯だ。千五百年越しの伝承とか、生まれては滅び続ける村とか、スケールが予想を超えて壮大になりすぎである。

大体、村ってそんな簡単に途絶えるものなんだろうか？　作るのに結構な手間もかかるだろうに……。そんなことをつぶやきながら難しい顔をしていると、先輩が思い出したようにこちらを向いた。

「そう言えば、ユーレイには言っていなかったな。人食い村の噂を覚えているか」

「何です急に？　人食い村って、杉比良さんが前に言ってた都市伝説ですよね……？　山中に怪しい廃虚があって、そこに行った者は帰ってこない。この近くにあるそうだけど、どこにあるのか分からない……でしたっけ。それが何か」

「調査を命じておいた杉比良から続報があってな。噂に語られた条件を精査すると、件の人食い村の所在地は神籬村と一致したそうだ。また、神籬村に最後まで残っていた住人達は、どうやら全員揃って消息を絶っていたらしい。その事実が人食い村の伝説を生んだのだろうと、杉比良は言っていた」

「……どういうことです？」

　ふいに、ぞくりと寒気を感じた。

　日はいつしか山の向こうに落ちており、あたりは徐々に薄暗くなってきていたが、この悪寒は夜風のせいとは思えない。あたしは剝き出しの肩をぶるっと震わせながら先輩を見つめ、「どういうことですか」と重ねて聞いたが、黒衣の怪人は問いに答えることなく目を逸らし、別の話を始めてしまった。

「あの『怪談奇談の旅』にあった、神木の郷の話を思い出せ。座敷わらしの加護を受けて幸せだった村人たちは、神への畏敬を忘れて大樹を切ろうとしたせいで、祟りにあって眠り続け、結局村は滅んでしまった」

「それは知ってますよ。先輩は何が言いたいんですか」

「答は最初からここにあったんだ。神木の郷や神籬村の最後の日、ここで実際に何が起きたのか、今となっては推測するのは容易(たやす)い。そうだろう、ユーレイ？」

「ええと……眠り続けたってことは、座敷わらしの——ワラシタケの毒……？　あれの成分を摂りすぎて、麻痺して、そのまま死んじゃった、ってことですか……？」

「おそらくな。だが知っての通り、あの茸の蒸散成分が含む毒素はごく微量。茸を大量に食べたりしない限りは、昏睡して死ぬことはない。そして、あの茸を食する習慣は、俺の調べた限りは確認できなかった。当然だな。食べてしまえば翌日からは幸せを感じることはできないのだから」

あたしが恐る恐る発した答を受け、先輩が落ち着いた口調を返す。聞き慣れたその声に、あたしはうなずく。

「そこに住んでる人には、幸せをくれる大事な座敷わらし様ですもんね。でも、じゃあ、どうして村は滅んだんですか……？」

「簡単な話だ。何かのきっかけで、村中の茸が一夜のうちに活性化し、蒸散する成分の量を増やしたんだ。快楽成分が増えればそこに含まれる毒素も増える。これなら眠っている間に村人達の五体は完全に麻痺し、そのまま目覚めることはない」

「あ。それなら、確かに……！　ですけど、その、きっかけって」

「それを確かめるために俺は来たんだ。明人、最後にもう一度確認させてくれ」

「何でもどうぞ」

「ワラシタケと呼ばれた茸は本来は一般的なベニカサダケで、ノタバリコと化した蟻もどこにでもいるクロナガアリ。それらを変質させて座敷わらしに変えるきっかけは未だに不明、何らかの天然由来の化学物質が作用しているようだが特定はできていない——。そうだな？」

「だね」

杵松さんが即座に首肯し、それを見た先輩がごくりと息を呑む。何かを覚悟するかのように、元々白い顔が一層青白くなった。高まっていく緊張感の中、あたしは「待ってください！」と二人を見回していた。

「どういうことなんですか？　杵松さんは何か知ってるんですか？　先輩も——」

「言ったろう。答は全て神木の郷の伝説の中にあったんだ。あの物語の中で、村人が祟りを受ける原因になったのは——村人に罰を当てたのは誰だった？」

「え？　それはええと……神様？　じゃないですよね。原因は——神様の木……？」

「明人。頼む」

　あたしの答を待つことなく、先輩が杵松さんに目を向ける。杵松さんはスコップを幹に立て掛けると、白衣のポケットから薄くて透明な円筒形の容器を取り出した。そのシャーレの中では、黒い点が幾つも蠢いている。

「大学近くで集めた、何の変哲もないクロナガアリだよ」

　そう説明すると、杵松さんは蓋をしたシャーレを大クスノキの根本へ近づけた。行くよ、と一声短くつぶやき、そっと透明の蓋を取る。

「――あっ！」

　あたしの発した短い悲鳴が、無人の村に響いた。

　気ままに動き回っていた蟻が、外気に触れた途端に引き寄せられるように集まり、指先のような形を取ったのだ。あたし達が唖然と見つめる先で、一体となった蟻の群れは一塊のまま這い回る。子どもの指を思わせるその形とその動きに、あたしは確かに見覚えがあった。

「これ、ノタバリコ……ですよね？　でも――」

「間違いないね。蟻に指示を出す物質はここから出ている」

「やはりそうか」

あたしがおろおろと見回した先で、杵松さんはシャーレをそっと地面に置き、絶対城先輩が肩をすくめる。塊のままシャーレから這い出した蟻を眺めた後、先輩は無人の楠屋敷に目を向け、言った。

「もう断言してもいいだろう。自ら放出する化学物質で茸や蟻に手を加えて座敷わらしを生み、幸せと安寧を求める人間の心を利用し、時には命を奪いながら生きてきた千五百歳以上の怪物。そいつが、この一連の事件の根幹だ」

「せ、千五百歳……？　ってことは、やっぱり、その――」

「そういうことだ、ユーレイ。茸は『木の子』。そして子どもの後ろには、それを生み出し、従え、操る親が控えている。空木淳郎を手に掛けたのも、無論、そいつだ。俺達は最初から黒幕を目の当たりにしていたわけだ。何とも間抜けな話だがな」

思わずそれから一歩離れたあたしの耳に、先輩のバリトンの効いた声が届く。黒の羽織の妖怪学徒は、夕闇に染まりつつある廃村をもう一度見回すと、それをまっすぐ見据えて言い放った。

「この大がかりな仕掛けの犯人は――お前だな。ナンジャモンジャの木！」

よく通る重低音が、無人の村に響き渡る。

その瞬間、大クスノキが一瞬ざわりと枝葉を揺らした――ような気がした。

「……と言っても聞こえまいが。植物に耳はないからな」

「確かに。他の感覚はあるはずなんだけどね」

つまらないジョークを言った後のように先輩が肩をすくめ、杵松さんも苦笑する。

だが、あたしは合わせて笑う気になれなかった。いつしか周囲はすっかり薄暗く、その中に立つ大クスノキは依然として荘厳で雄大で、そして心底恐ろしかった。

無論、植物が言葉を解すはずはないと分かってはいる。しかし、先輩の推理が正しいのなら、こいつは何度も村を全滅させた怪物だ。不安と恐怖が拭いきれずにぶるっと全身を震わせれば、羽織の袖がそっと肩に手を当ててくれた。

「安心しろ、ユーレイ。こいつは人に直接手出しはできない。唯一の武器は茸を操って放つ麻薬と毒素だが、それもマスクをしていれば確実に防げる」

聞き慣れたドライな声が、至近距離から耳へ、そして心へ滑り込んでくる。語られる内容よりもむしろその声質と、励ますように肩に回された手の温もりや感触で、あたしの不安は少し減った。

「知らなくてもいいことを知る羽目になるぞと言ったろうが」

「す、すみません……。こういう展開は完全に予想外でした……」

謝りながら、あたしは先輩の手の先をぎゅっと握った。先輩は驚いたのか、指をひっこめようとしたが、結局そのままにしてくれた。

きめの細かい肌と冷たい皮膚が、困惑していた心を落ち着かせてくれる。ありがとうございます、とあたしは小さくお礼をつぶやいき、先輩の顔を見上げた。なぜだろう、見知った顔がすぐそこにあるだけで、何だか安心できる。

「でも先輩。どうしてそんな……茸や蟻を操るような木が生まれたんです？」

「生まれたというより、そうなったんだろうな。植物は経験や記憶をベースに自己を変革し、その成果を遺伝子に刻むことのできる生物種だ。特に、寿命の長い樹木の場合、蓄積される経験は膨大で、試行錯誤を繰り返せるチャンスも多い。おそらくこいつも芽吹いた時は普通のクスノキだったはずだ。だが、何百年と生き、ヤマザクラと癒着して融合する過程のどこかで、他の生物を変質させて操る力を身に付けた」

「変質させて操るって……そんなこと、簡単にできるものなんですか？」

「化学物質の放出による他生物への作用は、植物の多くが基本的に備えている能力の一つだ。この現象のことを」

「他感作用。別名アレロパシーって言うんだよね。引き起こされる現象は、有害な微生物の排除からライバル植物の天敵である昆虫の誘引まで様々」

先輩の流暢な言葉に、唐突に杵松さんが割り込んだ。杵松さんは先輩に笑みを向けて「また解説を奪っちゃったな」とよく分からないことを言い、そして大クスノキへ歩み寄った。

「阿頼耶に仮説を聞かされた時は驚いたけど、考えてみれば合理的な仕組みだよ。たいがいの動物が人間を忌避する性質を利用して、ノタバリコこと人に擬態させた蟻を徘徊させることで鳥獣や害虫の接近を防ぐ。そして人間を恐れない唯一の生物である人間に対しては、座敷わらしの茸で快感を与えて飼いならす。もしも人間が自分を害しようとした時は、茸を活性化する成分を高濃度で放出し、それを受けた茸は村中の人間を一気に眠らせて殺す。亡くなった人は蟻が処分してくれるから、事件の痕跡は残らず、一見すると村が急に途絶えたように見える……」

「え？　蟻が処分するから痕跡が残らないって、どういう意味ですか？」

「前にここに来た時、阿頼耶が話してなかったっけ？　蟻は」

「獲物を解体しやすい場所へ運び、土に埋めてから分解する習性があるんだ」

今度は絶対城先輩が杵松さんの解説に割り込む。それを聞くなり、あたしはハッと息を呑んでいた。じゃあ、村のあちこちに点在している土饅頭って……！

「あ、あれはその――村人達のお墓ってこと……？」

「空木の骨を見たろう。あれは新しかったから形が残っていたが、何十年も経てば土中の骨は劣化するし、小高かった土の山も小さくなって、やがては消える。新たな住人が——いや、新たな犠牲者が、先人の末路に気付くことはなかったろう。……まったく、とんでもない化け物だ」

先輩の声に呼応するように風が吹き抜け、ナンジャモンジャの枝が大きく揺れた。空一帯を覆う枝がざわざわと揺れる様は、まるで先輩と杵松さんの話を邪魔したがっているようだ。巨大な怪物の威嚇を思わせる光景にあたしは再び怯えたが、先輩達は全く意に介さない。杵松さんが太い幹を見上げて続ける。

「そんな怪物みたいな木だって、病気にはなるんだろうね。実際、腐朽菌に感染していたみたいだから。そのまま放っておいたら弱って枯れたはずだけど」

「あ、そっか。村にやってきた空木さんが、知らずに治しちゃったんですね！」

「だろうな。おそらく彼は、樹木医としての純粋な思いからこいつを治療してしまったんだ。学術的な探求心に基づき、周囲の生態系を観察し、茸の特性を報告もした。そして、その後……」

「茸にやられて蟻に埋められちゃったわけか……。でも、空木さんはどうしてナンジャモンジャに襲われたんだろう。彼の思想からすると、彼は木を切るどころか、傷付けることはしなかったはずだよね」

「推測だが、空木はどこかでこいつの危険性に気付いたんじゃないか？　樹木医として何本もの古木に接してきた経験があれば、こいつの特異性を察してもおかしくはない。そして——そのことを察したナンジャモンジャに先手を打たれた」

「察したって……木がですか？」

「可能性はなくはない」

即答したのは絶対城先輩だ。千年以上の寿命と底知れない知性を感じさせる太い幹をまっすぐ見据え、あたしにしっかり寄り添ったまま、先輩は続ける。

「植物の感覚は動物のそれとは別の方向に敏感だ。聴覚こそ持たないが、大気中の微量な化学物質や温度差、電位差を感知する能力はしっかり備わっている。周囲の動物——つまり、人間の感情の動向をある程度察知できてもおかしくはないんだ」

「なるほどね。かなり突飛な発想だし、確かめようもないけど、理論的には——」

と、杵松さんが同意しかけた時だった。

大クスノキの根本の地面が、ふいに盛り上がって弾け飛んだ。

え。何？

とっさに身構えたあたし達の目の前で、無数の黒い粒がざらざらと地上に流れ出す。

蟻だ、と気付くのと同時に、黒い群れは一塊になって組み上がり、人の形を取って立ち上がった。頭が大きく手足が短い子どものような体型には見覚えがある。

「の……ノタバリコ？」

「にしては随分大きいね。以前の奴の倍以上はあるし、おまけに立ってる」

「そうか、こういう実力行使もできるわけか……！　手下を直接繰り出して来たところを見ると、周囲の人間の感情を察する能力を有しているのは間違いないようだ。面白い……！」

「面白がってる場合じゃないです！　下がってください！」

機械的な敵意を察知し、あたしは前に飛び出した。両手で先輩達を庇（かば）いつつ、ぎこちない動きで迫る直立大型ノタバリコを見据え、身構える。

ナンジャモンジャの根本に巣食っていた蟻を総動員したのだろう、ノタバリコの身長は二メートルほどもあった。このサイズになると二本の足だけでは自重を支えきれないようで、黒く大きな子どもはざらざらと崩れ続けている。下から新しい蟻を送り込むことで崩壊を防いでいるようだが、そのせいで表面が常に流動しており、この上なく不気味だった。

さて、とりあえず前に出ちゃったけど、この後どうしたものか。じりじりと間合いを計っていると、ノタバリコはこちらに抱き付くように飛びかかってきた。

「って、あれ、意外と隙だらけ？　これなら――！」

「馬鹿かユーレイ！　触れるな！」

「え？　あ、そっか！」

先輩の言葉に弾かれるように、あたしはとっさに身を引いた。

瞬間、ノタバリコの顔の部分ががばりと花弁のように開き、黒く細かい無数の棘が
――つまり、何十何百もの蟻の牙や脚が、あたしの顔の際をかすめ、マスクをもぎとっていった。

その一端が引っ掻ったのだろう、頬に小さな痛みが走る。これくらいなら大丈夫、と判断しながら摺り足で後退すれば、ノタバリコは顔だか首だかの部分から、あたしのマスクを吐き出した。

蟻の群れが一瞬のうちに噛みまくったのだろう、白い繊維の塊は綿菓子のように崩壊しており、全く原形を留めていない。それを見た瞬間、ぶるっと首筋が震えた。

「うわ、危なかった……。助かりました先輩。つい癖で関節を極めそうに」

「まったく。慣れすぎるのも考え物だな。もっと自分を大事にしろ」

「すみません……」

警戒を続けたまま、あたしは深く反省した。とっさに手首を取ろうとしてしまった

が、考えてみれば、こいつは蟻が組み上がっただけの、関節も痛覚もない怪物だ。捻ったところで効くはずもないし、下手に触ったら今のマスクのように取り込まれてズタズタにされるか、全身に這い上がられるのがオチである。

「だったら、どうしたら……そうだ！　杵松さん、これ借ります！」

触れないなら道具を使うのがセオリーだ。あたしはナンジャモンジャの幹に立て掛けてあったスコップを手に取り、柄を握った。下がってください、と叫びつつ、地面を踏み締めて振りかぶる。狙うのはノタバリコの両足だ。

「せえいっ！」

スコップの側面のエッジを繰り出し、ノタバリコの両の膝を叩き斬る。

蟻が繋がっているだけなので、全力を込めれば分断するのは簡単だと思ったが、案の定だ。ずしゃり、と両手に妙な感触が伝わり、膝部分の接続を砕かれた蟻の群れは自重で崩れ落ちていく。よし！

「湯ノ山さん、上手い！　でも、それだけじゃすぐにまた合体を」

「させません！　連結する前に——飛ばします！」

振り抜いた勢いを殺さず一回転しながら、あたしはスコップを握り直した。体勢を立て直そうとするノタバリコ目がけ、鋭い側面ではなく平たい底面を叩き付ける。

「せりゃああっ！」

ばあん、と響く派手な音。膝から下が繋がっていないタイミングで腹部に衝撃を受けたノタバリコの大半は、あっけなく吹っ飛び、地面にぶつかって飛び散った。飛散した黒い粒が右往左往する様を見下ろし、スコップを地面に突き立てる。よし！

「散らばってしまえば合体するのに時間が掛かるはず！　これで追ってこられないでしょう！　今のうちに車で逃げ」

「そうもいかないみたいだよ」

振り向いたあたしの言葉を、杵松さんがすかさず遮る。どういう意味です、と聞くより先に、神籬村の全景が目に映り、あたしの顔から血の気が引いた。

日暮れ時の廃村に、いつの間にか無数の人影が立っていた。

いずれも頭でっかちの子ども体型で、全身は真っ黒で目鼻はない。大型のノタバリコだ。驚いている間にも、地下からは続々と黒い粒が這い出し、新たな人型を形成していく。ぐらぐらと全身を揺らし、時には崩れながらも迫りくる何体もの怪人は、あたし達を完全に包囲していた。楠屋敷の前に停めた先輩の車はすぐそこに見えているのに、簡単に辿り着けそうにない。

「ええ……な、何これ？　いくら何でも多すぎませんか……？」

「ナンジャモンジャのこのサイズなら、根は村全域の地下に張り巡らされているはず。その周囲に巣食う蟻を全てノタバリコに仕立てれば、これくらいの数にはなる」

「それにしたって、こんな数……！　一気に掛かってこられたらお終いですよ」

「大丈夫。落ち着いて」

ふいに杵松さんが白衣のポケットから小さなスプレー缶を取り出した。「危険」とラベルの貼られたそれを握り直し、あたし達の周りに円を描くように吹き付ける。と、じりじりと接近していたノタバリコの群れは、あからさまに動揺し、動きを止めた。それは、と問うより先に杵松さんが言う。

「濃縮して毒性を高めた蟻除けスプレーだよ。念のため持ってきておいて良かった」

「じゅ、準備いいですね……」

「阿頼耶の仮説を聞いてたからね。念には念をと思って」

「さすが杵松さん。と言うか、こんなのあるなら早く出してくださいよ」

「お前が勝手に飛び出したんだろうが」

「まあまあ、阿頼耶。しかし、こんな大勢出てくるとは思ってなかったな……」

悔しげに言うと、杵松さんはスプレーを構えたまま周囲を見回した。ノタバリコ達は一定の距離を保ったまま近付いてこないが、どこかへ逃げる気配もない。あたしはスコップを再び構えると、隣に立つ杵松さんに話しかけた。

「とりあえず、これで蟻は近づいてこれないんですよね？」

「今のところはね。ただ、蟻や蜂みたいな社会性昆虫は、下っ端が死ぬのが前提の戦術を平気で使う生物だ。らちが明かないと思ったら、多少の犠牲は覚悟で突っ込んでくる可能性は大いにある」

「そんな……！　そりゃ、できる限りは庇いますけど――」

その先の言葉を、あたしはぐっと飲み込んだ。

関節も痛覚もない相手が一気に掛かってきたら、はっきり言って勝ち目はない。せめて先輩と杵松さんは助けたいし、あわよくばあたしも助かりたいのだが、さあ、どうしよう……！　スコップを強く握りながら歯噛みしていると、ふいに後ろからバリトンの効いた声が轟いた。

「無駄なことをするな、ナンジャモンジャ！」

声の主は絶対城先輩だ。黒衣の妖怪学徒は、あたしと杵松さんに背中を預け、夕日に染まる大樹を見上げ、よく通る声を張り上げる。

「人間の科学力や分析技術は日々進歩している。たとえここで俺達を手に掛けても、貴様の仕掛けに気付く者は必ず次々現れるぞ。口封じを重ねたところでキリはなく、いずれ危険視されて処分されるのが落ちだ。千五百年分の知性を持っているのに、そんなことも分からないのか、お前は！」

吹き抜けた夕風に羽織と髪を揺らしながら、絶対城先輩が吠える。自分の数倍、いや数十倍の寿命と大きさを誇る相手をまっすぐ見据えて告げる先輩の姿は凛々しくて、あたしは思わず見とれてしまった。

「……って、先輩？　言っても通じませんよ。耳がないんだから」

「駄目元だ。ある程度こちらの感情を察知できるのであれば、決意や覚悟も通じるかもしれんと思ってな」

「まあ、それはそうかもだけどさ。その通告が伝わったところで、木が何を――」

杵松さんがそう言って、苦笑を浮かべた――その時だった。

ざわり、と、ナンジャモンジャの枝が大きく震えた。

「……え？」

風はなく、枝が揺れるはずはない。でも、なら、今のは……？

あたし達が息を呑んで見つめる先で、ナンジャモンジャはもう一度大きく枝葉を震わせる。そして――ここから先の光景を、あたしは絶対に忘れないだろう――直径数メートルの樽のような太い幹が力強く脈動したかと思うと、空を覆う全ての枝に、一斉に花が開いたのだ。

つぼみすらなかった枝にも花が芽吹き、白と桃色の二種の花が早送り映像のように開いていく。数が少ない桃色の花はヤマザクラの、そして圧倒的に多い白い花はクスノキのものだろう。

ふと、以前ここに来た時、花見の季節にまた来たいと言ったことを思い出した。その願いは叶ったが、でも、まさかこんな光景を見ることになんて……！　呆気にとられている間にも、枝を埋め尽くした花は満開になり、白く輝く花粉を放つ。

瞬間、夕闇に染まる空を、煌めく粉が覆い尽くした。

「……すごい」

異様で不気味で非現実的で、それでいて美しく荘厳な光景に、あたしはそれしか口にできなかった。先輩と杵松さんも同じ思いなのだろう、ただ目を見開き続けるだけで何も言わない。

程なくして、花粉を撒き終えたナンジャモンジャの花は、満足したように萎んでいった。無数の花弁があっという間に色艶を失い、ぼたりぼたりと枯れ落ちていく。

それだけではなく、枝葉や幹からも張りが失われ始めた。全ての葉がほぼ同時に緑から茶色へと変わって散り、頑強だった樹皮がかさつき、めくれ、剝落していく。

呆気にとられる暇もない。クスノキとヤマザクラが癒着した巨木は、数分のうちに立ち枯れ状態へと変貌していた。同時に、あたし達を取り囲んでいたノタバリコが一度に崩壊した。黒く大きな子どもは全て、無秩序な蟻の群れとなって崩れ落ち、地下の巣へ、あるいは落ちたばかりの葉や花の下へと消えていく。

「……えーと」

いきなり始まっていきなり終わった異様な一幕に、あたしはスコップを構えたまま動けず、杵松さんも訝るだけで口を開かない。そんな中、最初に声を発したのは絶対城先輩だった。マスクを外しながら、先輩が賞賛するように言い放つ。

「……やられたな。さすがはナンジャモンジャだ」

「え？　ど、どういうことです？　何が起きたんですか、今？　ナンジャモンジャが自殺したってことですか？」

「奴め、人間の手に掛かる前に、自分の記憶と能力を書き込んだ遺伝情報を全力でばら撒いてみせたんだ。あれだけの花を一気に咲かせるには、長年溜め込んだエネルギーを全て消費する必要があったろうし、相当の負担も掛かるはず。だが、こいつはそれをやってみせた。そして力を使い果たして枯れたんだ」

「つまり……この木は、阿頼耶の忠告を理解したと？」

「分からん。俺の言葉を理解したのかもしれんし、あるいは最初からそのつもりで、ノタバリコで俺達を襲ったのは花を付ける時間を稼ぐためだったのか……」

化け物め、と言い足しながら、先輩は畏敬の念を込めた視線を立ち枯れた巨木へ向ける。あたしはその隣に立つと、ナンジャモンジャの死骸を見上げた。

空木さんを含めた何人もの人を手に掛けた怪物と分かっていてもなお、夕闇に染まった空を背負ってそびえるその巨体は、荘厳で雄々しかった。同じようなことを思ったのか、杵松さんが溜息を漏らす。

「生物の目的はあくまで子孫を残すことだから、自分の遺伝情報を撒けば勝ち、ってことか……。そういう意味では、僕らの完敗だね。座敷わらしを作って操る能力を備えた遺伝子は、もうそこら中に散ってしまった」

「ですけど、撒かれた花粉が成長するには、何十年も何百年も掛かりますよね……？　同じような木が生まれるとしても、それはずっとずっと先の話に……」

「そうだな。だが、人間の感覚では遠い先の話でも、数百歳が当たり前の樹木にとっては尺度が違う。こいつは確かにやり遂げ——逃げ切ってみせたんだ」

絶対城先輩が静かに感嘆する声が、無人の廃村へと染み入っていく。

かくして、この事件は、「とりあえず」としか言いようのない、奇妙な終幕を迎えたのだった。

＊＊＊

「そうですか。お伝えいただき、ありがとうございました」

春の日が差し込む茶室で、桜色の着物姿の紫さんが深々と頭を下げた。畳の上には草色の小さな饅頭の入った菓子鉢が置かれ、傍らに設けられた炉では、茶釜（ちゃがま）がしゅんしゅんとお湯の沸く音を立てている。茶人らしい礼儀正しい一礼に、あたしは正座をしたまま礼で応じた。

神籬村でナンジャモンジャの自死を見届けてから、数日後の昼下がりである。

あの日の帰り道の車内で、絶対城先輩は紫さんに電話を掛け、村で見たことや起こったことを伝えた。空木さんについても勿論語っていたのだが、その説明はかなり簡略で、ざっくりとしたものだった。

無論、それは先輩なりの気遣いだったのだろうし、そこを否定するつもりはない。だが、今回の件はそもそも紫さんが空木さんの消息を知ろうとしたのがきっかけだ。であればやはり、しっかり伝えるべきではないだろうか。少なくともあたしが紫さんだったらそうしてほしい。知らずに悩むより、知って苦しむ方が好き、だ。

そう思って個人的に紫さんに連絡したところ、直接話を聞きたいと言われ、あたしは今日の茶会に招待された。かくしてあたしは初めて一人でこの庵を訪ね、見聞きした全てを自分の言葉で説明したのであった。

正式な茶会のルールには詳しくないが、最低限の正装はマナーのはず。あいにく着物は持ってないので、今日のあたしはスーツ姿だ。友人には「ＳＰか殺し屋かマフィアに見える」と評されたパンツスーツだが、紫さんは「よくお似合いです」と言ってくれた。お世辞でも美人にそう言われるとありがたい。

……良い人だよね、紫さん。

心の中でつぶやきながら、あたしは改めてここの主に向き直った。

「言葉足らずだったところもあると思いますが、あたしが分かっていることは全部お伝えしました。空木さんは、あの木に――ナンジャモンジャに騙されて、利用されたってことは、知っておいてあげてほしくて……」

「はい。よく分かりました。ですけど……本当にそうでしょうか」

「え？」

「彼は、騙されてなんかいなかったんじゃないでしょうか？」

こちらに横顔を向けた紫さんが、はっきりとした口調で告げる。正式な茶会だからか、今日は長い髪を結いあげている。無駄のない手つきでお茶の準備を進めながら、和装の茶人は問いかけを続けた。

「消息を絶つ前、淳郎さんが体を悪くしていたことはご存知ですか？」

「ええ、まあ。不法投棄の調査で汚染物質に触れて、それで体を壊したとか……。どの程度の症状だったのかは知りませんが」

「保って数年と言われていました」

柔らかな声が茶室に凛と響き、あたしは静かに息を呑んだ。

数年って。そんな話は初耳だ。驚くあたしが見つめる先で、紫さんはあくまで穏やかな態度を崩さず、言葉を重ねる。

「集中治療室にでも入れば、治る見込みは少しはあったのです。でも淳郎さんは、そんな確率に掛けるより、最後まで森林で木と共に生き、一本でも多くの木を治したいと願うような人でした。人間の思い上がりを正したいと、木々に力を与えたいと思い続けた人でした。そんな彼ですから、人知を超え、人間をも餌食にするような巨木が細菌に侵されていると知ったなら……まず間違いなく、どんな犠牲を払っても治療したことでしょう」

「つまり……空木さんは、全部分かってたって言いたいんですか？　ナンジャモンジャがどういう木で、何をやらかしてきたか、把握していて、だからあれを治したって……？　だとしたら、敵意を木に気付かれてやられたんじゃなくて、元々の病気で亡くなった後、蟻に埋められたってことになりますけど……でも」

でも。木の特性を知った上であいつを治療するなんて、ドラッグの情報をそれとなく流すどころではない、めちゃくちゃ危険な行為じゃないですか……！

　その問いかけを、あたしはとっさに飲み込んだ。だが、あたしの思いは視線と態度で伝わってしまったようで、紫さんは悲しげに小さくうなずいた。

「あくまで私の想像です。どうせなら、何も分からず手に掛けられたのではなく、全てを知って逝ったのだと思いたいという、単なる勝手な自己満足に過ぎません。事実はもう誰にも分かりませんし……それに、道を違える前に彼を止められなかったことへの悔恨は、ずっと残り続けます」

　優しい口調を保ったまま、紫さんは薄茶をかき混ぜる手元をそっと見下ろした。視線が左手の薬指に向いたような気がして、あたしの胸が小さく痛む。婚約される予定だったんですか、とは聞けなかった。

「一期一会という言葉もありますが、人と人の人生が交わるのはほんの一瞬。思いを伝えるべき機会は、簡単に逃げてしまいます。どうか、礼音さんは私のようになりませんように。——どうぞ。粗茶でございます」

しんと染み入るような言葉に続き、紫さんがこちらを向き、薄茶を湛えた大振りな茶碗を差し出した。正面から見ると、やっぱり晃さんによく似てるな。そんなことを思いつつ、予習してきたマナー通りに茶碗を取って左手に載せる。添えた右手で茶碗をそうっと回していると、紫さんがにこっと笑って問いかけてきた。

「ところで、阿頼耶君とは仲良くやっていますか？」

「へっ？　何でいきなり先輩の話が」

「あら。いけませんでしたか？」

「い、いえいえ……。ただ、この前、晃さんにも同じようなこと聞かれたので驚いちゃって。やっぱり姉妹なんですね」

「あら。お会いしたとはお聞きしましたが、あの子、そんなことを尋ねたのですか？ほんとにもう……。それで、礼音さん？　お答は」

「ええ。悪くない……と、思います。はい」

茶席でこの態度はどうなんだと思いつつ、つい照れ笑いが浮かんでしまう。

顔が薄赤くなるのを自覚しながら、あたしは「この後、食事に誘われてまして」と言い足す。と、それを聞いた紫さんは、出会って以来最高の微笑みを浮かべ、小さく拳を握って言ったのだった。

「頑張ってくださいね。私は礼音さんの味方ですから」

「あ、ありがとうございます……？」

＊＊＊

その日の夕方。駅前で杵松さんと待っていると、絶対城先輩が少し遅れて現れた。お気に入りらしいグレーのジャケットで、髪もきちんと撫で付けている。よそ行きモードの先輩は、パンツスーツのあたしを見るなり「ほう」と漏らした。

……何ですか、そのおかしなものを見たかのような反応は。

「ちゃんとしたレストランって聞いたから、ちゃんとした格好で来たんですよ」

「だよね。湯ノ山さんは間違ってない」

一緒に待っていた杵松さんが同意してくれる。こちらも上品で新鮮なスーツ姿だ。フォーマルな装いには慣れていないのか、ネクタイが若干苦しそうである。普段は白衣の理工学部生は「しかし何で僕も誘うかな……」と小声でぼやき、遅刻してきた友人に買っておいた切符を渡した。

「阿頼耶が時間に遅れるなんて珍しいね。何かあったのかい？」

「出掛けようとしたところに、依頼と言うか相談が来てな」

少し疲れた口調で言いながら、先輩は切符を改札に通す。後を追って改札を抜けてホームに上がれば、ちょうど電車が来たところだった。

下校や退勤の時間帯とあって座席は埋まっていたが、通路部分は空いている。先輩と杵松さんに挟まれながら吊り革を軽く摑むと、電車はガタンと揺れて走り出した。予約の時間には間に合いそうだね、と杵松さんが笑う。

「ところで阿頼耶。相談って、どんな内容だったんだい？」

「無人のはずの空き家の窓に人影を見たんだそうだ。子どもほどの背丈で、不審に思って中に入ると誰もおらず、妙に心地いい空気が漂っていたとか」

「心地いい空気？　先輩、それってまさか座敷わらし……？」

「まあ、例の座敷わらし――ワラシタケである可能性は高いだろうな」

「まさか。だって茸を変質させるナンジャモンジャは枯れただろ？　あの時散った花粉が受粉して育つにしては早すぎるよ」

杵松さんが声を潜め、先輩とあたしに同意を求める。確かにそうだ、とあたしは思ったが、先輩は肯定も否定もせず、車窓を眺めて口を開いた。

「前にも言ったろう。いるはずのない人の影を空き家や空き室に見たという怪談は、今世紀になってから急増しているんだ」

「その話は聞きました。でも、それが……？」

「そしてもう一点。樹木は自分の経験を埋め込んだ花粉で子孫に記憶や能力を伝えるが、化学物質を手紙のように使い、同種の仲間に情報や形質を伝達することもできる。ナンジャモンジャがこの能力を使っていたとしたら――どうだ？」

「え。あっ、じゃあ、あの最後の満開は、そのために……！」

「あるいは、以前から情報伝達物質をずっと拡散していたのかも」

　驚くあたしの隣で、杵松さんがぼそりと告げた。普段は優しげな眼鏡の奥の瞳に、鋭い知性の光が静かに宿る。

「神籬村の座敷わらしの都市伝説って、結局、誰が広めたか分かっていないんだよね？　スカイJの製造販売は杉比良さんが一人でやっていたけれど、空木さんのレポートを見て同じことを実行した人が他にもいた可能性はある。それに、村が残っていた時代は人の往来もあったろうし、あの村には誰かがずっと出入りを続けていたはずなんだ。そして植物の花粉や情報伝達物質は、風に乗るだけじゃなくて、移動する動物に付着しても拡散する。ナンジャモンジャの手紙が既に広がっていたのなら、ノタバリコやワラシタケを操る樹木が各地に生まれていたっておかしくはない……？」

「あり得る話だな。だとすれば、幸せをもたらす定位置型と不気味な移動型の、二種類の座敷わらしを語り伝える地域が多いのも納得できる。それどころか、明人の言う通りの仕組みが数百年前から続いていたのなら、木から独立し、単身で人に擬態する能力を得た蟻や茸が、俺達の知らないところに、ずっと前から存在している可能性すらあるんだ」

「昆虫や菌類は世代交代が早いものね。有能な形質はすぐ取り入れて次代へ繋ぐ」

「だな。ということは、全国的に語られ続ける、子ども型の妖怪や幽霊譚の正体は」

「ナンジャモンジャの因子を受け継いだ蟻や茸だった……と？」

「そこまで断言することはできない。だが、真実がどうあれ、人間——特に子どもへの擬態は、生存率を高める手段としては昔も今も効率的なのは確かだ。そしてナンジャモンジャの子や孫が各地に存在するのであれば、空き家が増え続ける現代の日本は、彼らの繁殖には最適な環境だと言えるだろうな……」

　淡々と言葉を交わす先輩と杵松さん。その話を興味深く聞きながら、あたしは車窓を流れる街を眺め続けた。夕暮れ時の町並みには、灯りの消えた家が意外に多い。その一つ、「売家」のプレートが掲げられた家の窓に座敷わらしの影が見えたような気がして、あたしは小さく背筋を震わせた。

　空き家で見た巨大茸の異様な姿が、自然と脳裏に蘇る。同時に、あの時吸わされたスカイＪの高揚感も、あたしは思い起こしてしまっていた。杉比良さんはあれを幸せと言ったけど——やっぱり、それは違うな、とあたしは感じた。

「幸せって、結局何なんでしょうね……？」

「どうしたの湯ノ山さん。急に難しいこと聞くね」

「まあ、単純化すれば、結局は気の持ちようなんだろうな。座敷わらしの与える幸せは、危険性を孕んだ幻だった。ああいうものに騙されたくないのなら、現実の中にどうにか幸せを見出していくしかなかろう」

「世知辛い話ですね……。ちなみに、先輩ってどういう時に幸せなんです？」

「妖怪について新しい知見を得た時だ」

　軽い気持ちで聞いたら、力強く断言された。でしょうね。思わず杵松さんと顔を見合わせて苦笑していると、先輩は肩をすくめ、髪を搔き上げた。いつもと違う髪型のせいで落ち着かないのか、前髪を軽くいじりながらバリトンの効いた声を響かせる。

「色々と発見があるのは幸せだが、次々に新しい事由が見つかるもので、腰を据えて記録作業に掛かれないのは不幸だな。知り得た成果を落ち着いてまとめたいんだが……。今回の一件で、新たに追うべきテーマも見つかったしな」

「追うべきテーマが見つかった？　そんなのありましたっけ」

「気付いていなかったのか？　いいか、与太話集だと思っていた『怪談奇談の旅』だが、そこに掲載されていた座敷わらしと神木の郷の話は史実だった。となると、あの本の記述の信憑性が大いに増す。さて、あれには他に何が載っていた？」

「え？　ええと……」

そのことを聞いたのは、確か神籬村に行く前だ。あたしは記憶を辿り、あの時の先輩の言葉を回想した。

――化物の真実を集めた書物がこの国のどこかに隠されているとか、そんな話も載っていますが、ここまで来るともう妄想がかった伝奇です。

「あ！　もしかして、あの妖怪の真実の書物の話ですか？」

「そうだ。そしてそんな本は、俺の知る限り一つだけ。全国の妖怪の正体を暴くという名目で編纂され、四十四番資料室を埋め尽くす文献資料を集めておきながら、刊行停止となった幻の書物。『真怪秘録』だ……！」

吊り革を強く握りしめ、先輩が静かに言い放つ。車内なのでボリュームは控えめだったが、その声には隠せない熱意と好奇心が漲っていた。

「座敷わらしは書物の神という話があったが、まさかこんな形で教えてくれるとはな。まずは『怪談奇談の旅』の版元、白澤書房を当たるつもりだが」

「なるほどね。そんな具合で、調べるべきことが多すぎて追いつかないと」

「ああ。明人と会う前から気になることはその都度調べてきたが、ユーレイが来るようになってからは謎と発見がハイペースで続きすぎる。何なんだ、お前は」

「何なんだって言われましても……。困ってるんならそう言ってくださいよ」

「逆だ。お前が傍にいてくれなければ知り得なかったことはあまりに多い。困るはずがないだろう。それに何より――気心の知れた相手と共に何かに挑めるのは、俺にとって最高の幸せだからな。お前には――感謝している」

「……え？」

「その顔は何だ。不本意なのか」

きょとんと見つめてしまった先で、色白の仏頂面があたしを睨む。いや、感謝してると言ってくれるのは結構――いや、かなり嬉しいのですが、そんなこといきなり言われたってですね！　あたしは顔を赤らめながら「別に」とごまかしそうになったのだが、その瞬間、昼の茶席で聞いた声が蘇った。

——一期一会という言葉もありますが、人と人の人生が交わるのはほんの一瞬。思いを伝えるべき機会は、簡単に逃げてしまいます。

紫さんの優しい言葉が、胸の内で反響する。

……そっか、あれはこういうことか。

今さらのように納得すると、あたしは絶対城先輩をまっすぐ見返した。

つい反射的にはぐらかしてしまう自分が嫌なら、好きになれる自分に変えないと。心の中で繰り返し、小さく短く息を吸う。でも、すぐそこにあるのは見慣れた顔のはずなのに、まじまじと見ると妙に緊張する。ここで視線を逸らしちゃ駄目だ。自分の顔がさらに紅潮するのを自覚しながら、ぐっと腹に力を入れ、口を開く。

「あたしもですよ」

「お前はどうせそういう……何？」

「で、ですから、あたしもです、って言ったんです」

「そ……そうか」

「そ、そうですよ……。そうですとも。それだけです！」

きっぱりと言い切れば、先輩はぽかんとあたしを見据え——凝視しないでください、恥ずかしい——そして「そうか」と繰り返し、視線を窓へと向けてしまった。それに続いてあたしも車窓に向き直れば、緊張が少し収まった。

「ふう……って、杵松さん？　何で噴き出しそうになってるんです」

「いやあ、みんな変わっていくんだな、と思ってさ。先のことはどうなるか分からないけど、色々上手くいくといいよね。とりあえず新年度もよろしく」

はぐらかすように微笑んだ後、杵松さんはあたしと先輩を見回す。言っていることは今ひとつピンと来なかったが、それはそうだなと思えたので、あたしは「ですね」とうなずき、二人におずおず頭を下げたのだった。

確かに、この先何があるかは分かりませんが。

これからも、どうかよろしくお願いいたします。

# 補章 倉ぼっこ

倉わらし、御蔵(おくら)ぼっことも呼ばれる、座敷わらしの一種のような妖怪。倉に住み着く守り神であり、倉から去るとその家は衰退するなどと伝わる。子どもの姿をしているとされるが、足跡を残したり物音を立てる程度で、姿を見せることはほとんどない。

（その日の夜、四十四番資料室にて）

「……灯りが付いているからおかしいとは思ったが、お前か。誰もいないはずの書架の奥から物音がしたから、倉ぼっこでも出たのかと思ったぞ」

「そこは文車妖妃くらいにしてよね。一応女子なんだから。今、一人？」

「明人とユーレイと一緒だったが駅前で別れた。しかし驚いたな。もう俺には顔を見せないものだと思っていたが」

「そのつもりだったんだけどね。遠慮してる意味もないのかな、って思えてきてさ。それに、妖怪学の文献をまとめて見返すならやっぱりここしかないでしょ。というわけで……えーと、言いづらいんだけど、しばらくお邪魔してもいいかな……？」

「ああ。好きにしろ」

「やっぱり迷惑？　だよね、わたしは君を利用したんだし――え。いいの？」

「驚くことはあるまい。この部屋の資料はそもそもクラウス先生のコレクションで、お前は俺と同じく先生の教え子だから、資料室を自由に使う権利を持っている。出入りしようが寝起きしようがお前の勝手だ」

「あー、なるほど。そういう理屈か。男の一人住まいに女が転がり込むのはどうなのかとか、そういうことは微塵も考えないわけね……。でも、ありがと。クールでドライなくせに親しい相手には優しいところ、昔から好きだよ」

「またそれか……。どこかで流行っているのか？」

「あ、誰かに同じこと言われた？　だけど君が優しいのは本当だもんね」

「やめろ。それより、ここの資料に何の用だ。新しいテーマでも見つけたのか？」

「ご明察！　実はね、とある有名妖怪にまつわるこんなものを手に入れまして」

「――！　何だと……？　まさか、こんな……おい！　何だこれは」

「おー、一気に態度が変わったね。そう来なくっちゃ。どう？　妖怪学徒的にはムラムラ来るブツでしょ？　君さえ良ければ一緒に――」

「調べろと？　勿論だ。そんなことより、こいつは一体……！」

「だからそれを今から調べるのよ。で、居候させてもらう以上、あらかじめ確認したいことが一つあってさ。面倒なの嫌いだから、ざっくり聞いちゃうけど……その、さ。わたしが戻ってきて、どう？　嬉しい？　邪魔じゃない？」

「邪魔なわけがなかろう。理解しがたいところはあるが、お前は――櫻城晃は、有能な妖怪学の徒だ。優れた共同研究者の存在を疎ましく思えるはずがない」

「……光栄な反面、素直に喜びにくい評価ですこと。分かってやってるのか素なんだか……。ま、ともかく、改めてよろしくね。阿頼耶」

# あとがき

この物語はフィクションです。作中で絶対城らが語る内容には概ね根拠となる資料が存在しますが、ストーリーの都合に合わせて改変している箇所も多いです。くれぐれも本作の記述をそのまま信用されませんようお願いいたします。

さて、おかげさまで本シリーズも七巻目……なのですが、六巻から半年も間が空いてしまいました。待ってたぞこの野郎と思っていただけるなら大変光栄なのですが、ご期待に添えなかったという意味では申し訳なく思います。この稼業、待っていただけるうちが華ですし、今後はこういうことのないよう頑張ります。頑張りますよ。

前巻のあとがきで「第一部完」とお伝えしました通り、この巻からは「第二部」ですが、キャラクターも舞台もリニューアル！　とかそういうことは全くありませんのでご安心ください。絶対城の過去と鬼にまつわる一連の騒動が収束し、絶対城や礼音達はそろそろ自分達の関係性について考え出す……という仕切り直し的な意味合いでの「第一部完」であり「第二部」だとご理解いただければと思います。

無論、妖怪は今まで通りしっかり登場しています。今回のメインのお題はご存知「座敷わらし」。幸せをもたらすという特徴ゆえか、それとも単に発見が新しかったからか、戦後にあっても現役の有名妖怪ですが、どうしてそんな伝承が生まれたのか、その謎に迫る話にしてみました。お気に召しましたでしょうか（やや不安げに）。

この本の執筆に際しましても、多くの本や雑誌やデータベースにお世話になりました。全ての参考資料を挙げることはできませんが、この場をお借りしてお礼申し上げます。また、ノタバリコの語源について等、作家の化野燐様に多くのご教示をいただきました。ありがとうございます。装画を担当いただいた水口十様、担当編集の荒木様、小野寺様、漫画版を連載いただいている炬太郎様にもいつもお世話になっております。漫画版「絶対城先輩」はこれを書いている今もＢ’ｓ－ＬＯＧ　ＣＯＭＩＣさんで連載中ですので、よろしくお願いいたします。そして勿論、この本を手に取ってくださった読者のあなたに最大の感謝を。七巻まで読み支えてくださり、本当にありがとうございます。できれば今後ともよろしくお願いいたします。

では最後に、次巻の予告などを少々。今回は奥座敷に潜む小さな妖怪の話でしたので、次は逆にスケールが大きい妖怪を取り上げるつもりです。スペクタクルな話を考えておりますのでご期待ください。また、本シリーズとは別の新作をメディアワークス文庫で仕込み中です。そちらも近いうち（？）にお届けできればと思っています。

では、ご縁があればまたいずれ。お相手は峰守ひろかずでした。良き青空を！

峰守ひろかず

## 著作リスト

絶対城先輩の妖怪学講座 六（同）
絶対城先輩の妖怪学講座 七（同）

ほうかご百物語（電撃文庫）
ほうかご百物語2（同）
ほうかご百物語3（同）
ほうかご百物語4（同）
ほうかご百物語5（同）
ほうかご百物語6（同）
ほうかご百物語7（同）
ほうかご百物語8（同）
ほうかご百物語9（同）
ほうかご百物語あんこーる（同）
俺ミーツリトルデビル！（同）
俺ミーツリトルデビル！2 恋と人魚と露天風呂（同）
俺ミーツリトルデビル！3 ひと夏のフェニックス（同）
選ばれすぎしもの！（同）
選ばれすぎしもの！2（同）
選ばれすぎしもの！3（同）

本書は書き下ろしです。

メディアワークス文庫

# 絶対城先輩の妖怪学講座 七

峰守ひろかず

発行　2015年8月25日　初版発行

発行者　塚田正晃
発行所　株式会社KADOKAWA
〒102 - 8177　東京都千代田区富士見2 - 13 - 3
プロデュース　アスキー・メディアワークス
〒102 - 8584　東京都千代田区富士見1 - 8 - 19
電話03 - 5216 - 8399（編集）
電話03 - 3238 - 1854（営業）
装丁者　渡辺宏一（有限会社ニイナナニイゴオ）
印刷・製本　旭印刷株式会社


Printed in Japan
ISBN978-4-04-865390-9 C0193

メディアワークス文庫　http://mwbunko.com/
株式会社KADOKAWA　http://www.kadokawa.co.jp/

本書に対するご意見、ご感想をお寄せください。

**あて先**
〒102-8584　東京都千代田区富士見1-8-19　アスキー・メディアワークス
メディアワークス文庫編集部
「峰守ひろかず先生」係